Das Apfelkuchen-Geheimnis

JULIANE BREINL

Das Apfelkuchen-Geheimnis

Mit Illustrationen von Monika Parciak

arsEdition

Bibliografische Information der Deutschen Nationalbibliothek
Die Deutsche Nationalbibliothek verzeichnet diese Publikation in der Deutschen Nationalbibliografie; detaillierte bibliografische Daten sind im Internet über http://dnb.d-nb.de abrufbar.

MIX
Papier aus verantwortungsvollen Quellen
FSC® C014496

Text: Juliane Breinl
Cover- und Innenillustrationen: Monika Parciak

ISBN 978-3-8458-2803-9

www.arsedition.de

Für meine
Lieblingszwillingsgeschwisterkinder
Erik und Finja

1

»Autsch!«

Das Jo-Jo fiel auf den Boden und rollte unter den Schreibtisch.

Zippa drückte ihren Handrücken gegen den Mund. Das tat wirklich weh! Sie klappte die Tür des Kleiderschranks auf und sah sich ihre schmerzende Oberlippe im kleinen Spiegel an.

Nichts blutete, und es fehlte auch keine Ecke an dem Schneidezahn, gegen den das harte Jo-Jo geknallt war. Erleichtert streckte Zippa ihrem Spiegelbild die Zunge heraus.

Matti, ihr Lieblings-Jo-Jo-Spieler, hatte in seinem Online-Tutorial davor gewarnt, dass einem am Schluss des »Spaghetti-Tricks« das zurückschnellende Jo-Jo gegen die Zähne schlagen könnte. Aber bis auf diesen winzigen Fehler war ihr der komplizierte Trick dieses Mal gelungen!

»Cool«, freute sich Zippa, drückte die Schranktür wieder zu und bückte sich nach dem apfelgrünen Jo-Jo. Sie warf es mit einem kräftigen Stoß aus dem Handgelenk nach unten und ließ es im Leerlauf drehen. Dann griff sie nach der Schnur, machte daraus mehrere Schlaufen, tat so, als ob sie diese »Spaghetti« schlürfend einsog, und ließ alles wieder los. Das Jo-Jo landete in ihrer Hand.

»Yeah!«, jubelte Zippa und probierte den Trick gleich noch einmal und noch einmal. Jedes Mal gelang er besser und sie streute vergnügt imaginären Parmesan über die Schlaufen und rieb sich den Bauch. Solche kleinen Schauspielereien gehörten einfach zu einem guten Jo-Jo-Trick dazu.

»Zippa, kannst du mal schnell kommen?«, ertönte Papas Stimme vom Flur.

Zippa blickte überrascht auf und ließ das Jo-Jo im Leerlauf drehen. Papa war schon zu Hause? Früher hatte er immer, wenn er von der Arbeit kam, als Erstes in ihr Zimmer geschaut, um seine »Lieblingszippa« zu begrüßen.

Zippa warf das Jo-Jo auf ihr Bett und öffnete ihre Zimmertür. Papa stand davor, mit Tüten bepackt und einem großen Karton voller leerer Babybreigläschen unter dem Arm.

»Nimm mir doch mal das hier ab«, sagte er.

Er drückte ihr ungeduldig eine schwere Tüte in die Hand und im nächsten Augenblick drang ihr auch schon der stechende Geruch von vollen Babywindeln in die Nase.

»Zieh dir Schuhe an und hilf mir bitte, den Müll wegzubringen«, sagte Papa, öffnete die Wohnungstür und stapfte die Treppen hinunter.

Zippa angelte nach ihren grünen Filzpantoffeln und hielt dabei den stinkenden Sack möglichst weit von ihrem Körper weg.

Der hätte mich ruhig mal fragen können, ob ich jetzt überhaupt Zeit habe, ärgerte sie sich. Dann folgte sie ihrem Vater.

»Ich habe hier unten noch Altglas stehen. Wenn du den Müll in die Tonne geworfen hast, bring es bitte zum Glascontainer.«

An Papas Schulter war ein weißer Fleck. Babysabber!

»Ich habe meine Filzpantoffeln an«, sagte Zippa und deutete auf ihre Füße. »Damit kann ich nicht auf die nasse Straße.«

»Ich habe doch gesagt, du sollst dir Schuhe anziehen!«

Papa schüttelte unwillig den Kopf. »Na ja. Dann muss ich eben zweimal gehen.«

Zippa zuckte mit den Schultern, lief zu den Mülltonnen, warf den Sack hinein und ging zurück in die Wohnung. Oben war die Tür geschlossen und sie musste klingeln. Es dauerte eine gefühlte Ewigkeit, bis Mama öffnete.

»Ach, du bist es.« Mama riss den Mund zu einem herzhaften Gähnen auf. Zippa quetschte sich wortlos an ihrer Mutter vorbei und verschwand in ihrem Zimmer. Nicht dass Mama auch noch auf die Idee kam, sie einzuspannen!

Unentschlossen legte sie sich auf ihr Bett und starrte an die Decke. Sie hatte keine Lust mehr, Papa und Mama den neuen Spaghetti-Trick vorzuführen. »Die interessiert das sowieso nicht«, sagte sie leise und sah auf die Uhr ihres uralten Handys, über dessen Display ein diagonaler Riss ging. Es war kurz vor halb sieben und ihr fiel Mathe ein. Wenn sie morgen nicht ohne Hausaufgaben dastehen wollte, musste sie jetzt damit beginnen.

Seufzend zog Zippa Buch, Heft und Federmäppchen aus dem Schulrucksack. Ihr Blick fiel auf ihren Schreibtisch, auf dem ein Backbuch mit dem Titel »Die große Tortenschule«, mehrere ausgeschnittene Pappkreise und Skizzen lagen. Zippa vergaß augenblicklich ihre Hausaufgaben und beugte sich über das, was sie am Vortag begonnen hatte: die Planungen zu einer Torte in Form eines Jo-Jos.

Zippa hatte im Schrank ihrer Uroma Mila ein uraltes Backbuch mit dem Titel »Der fabelhafte Tortenbäcker« entdeckt und war sofort Feuer und Flamme gewesen.

»Du kannst doch gar nicht backen«, hatte sie sich noch gewundert, aber Uroma Mila hatte gesagt, das alte Backbuch sei für sie ein Erinnerungsstück, und deshalb könne sie es leider nicht verschenken. Am nächsten Tag waren sie zusammen in einen Buchladen gegangen, wo Zippa sich die »Tortenschule« ausgesucht hatte.

»Vielleicht sollte ich die Schnur aus gesüßtem Pizzateig machen«, überlegte Zippa. Der ließ sich sehr gut zu langen Würsten formen, ohne dass er riss. Aber konnte man in Pizzateig Zucker tun? Das wusste Zippa nicht, und Papa – den weltbesten Pizzabäcker – wollte sie jetzt nicht fragen.

Als ob er ihre Gedanken gelesen hätte, klopfte es zweimal und Papa streckte seinen Kopf ins Zimmer.

»Kommst du zum Abendessen?«

»Keinen Hunger«, antwortete Zippa, ohne aufzuschauen.

»Wow. Willst du eine Torte in Form eines Jo-Jos backen?«

Papa trat zu ihr an den Schreibtisch und sie roch sein Rasierwasser. Manchmal strich sie sich heimlich etwas davon auf die Handgelenke, weil sie es so gerne roch.

»Hm«, brummte Zippa. »Wenn es gelingt, will ich Max eine zu seinem Geburtstag backen.«

»Aber der ist doch erst im Herbst!«

Zippa nickte. »Wie einen guten Jo-Jo-Trick muss man auch Torten üben. Und außerdem hat Max eine perfekte Torte verdient. Er hat mich aufs Jo-Jo gebracht!«

»Was habe ich nur für eine liebenswerte und schlaue Tochter.« Papa strich ihr über die Schulter. Zippa schluckte den letzten Rest Ärger hinunter. »Sag mal, kann man Pizzateig eigentlich süßen?«, fragte sie.

»Keine Ahnung, das müsstest du ausprobieren.« Papa kratzte sich am Kopf.

»Aber Mama hat mich schon wochenlang nicht mehr in der Küche backen lassen. Immer ist ihr das zu viel Aufwand!« Zippa verzog ihren Mund. Seit die Zwillinge auf der Welt waren, konnte sie nur noch bei Max neue Back-Kreationen ausprobieren. Seine Mutter hatte nie etwas dagegen, wenn Zippa sich in ihrer Küche ausbreitete.

»Das wird wieder besser, wenn Julius und Leo nicht mehr ganz so klein sind«, versuchte Papa sie zu beschwichtigen, doch Zippa schüttelte nur genervt ihre blonden Locken.

»Aber Backen ist schon seit dem Kindergarten ein Hobby von mir gewesen«, brummte sie.

»Liebste Tochter, das weiß ich, und ich bin immer noch sehr stolz darauf, dass du als jüngste Teilnehmerin beim Backwettbewerb den ersten Preis gewonnen hast. Und dann hast du auch noch bei der Preisverleihung alle mit deinen Jo-Jo-Tricks begeistert. Kannst du mir die noch mal zeigen?«

»Oh Mann, das ist schon über zwei Jahre her. Jetzt kann ich viel bessere Tricks«, maulte Zippa, griff sich dann aber doch ihr Jo-Jo und führte den Spaghetti-Trick vor.

»Phänomenal gut!« Papa applaudierte und Zippa strahlte ihn an.

»Max wird Augen machen, wenn ich ihm den vorführe!«

»Aber hallo, Riesenglupschaugen!«, rief Papa, und dann ließ sich Zippa doch von ihm überreden, mit zum Abendessen in die Küche zu kommen.

2

»Igitt, Sabber!«

Zippa starrte auf ihr Mathe-Heft, das gestern Abend auf dem Küchentisch liegen geblieben war. Unter gelber Spucke zerlief blaue Tinte zu einem formlosen Klecks. »Die Sabberlinge haben meine Hausaufgaben vollgesabbert.«

»Zippa!«

Zippa ignorierte Mamas vorwurfsvollen Blick und streckte ihr mit starrer Miene das aufgeschlagene Heft entgegen. »Sieh es dir an. Das ist eindeutig Kartoffelmöhrenbreispucke!«

Der noch flüssige Babybrei-Rest bahnte sich eine Schneise zwischen Rechenwege und Ergebnisse, und Mama rief: »So machst du es ja noch schlimmer. Bitte leg das Heft auf den Tisch zurück und nimm mir Leo ab. Zuerst muss ich Julius wickeln, und dann schaue ich, wie sich deine Hausaufgaben retten lassen.«

Drei Augenpaare sahen Zippa an – zwei kugelrunde in Himmelblau und ein müdes, regenwetterblaues Augenpaar hinter ungeputzten Brillengläsern.

Zippa legte ihr Heft auf den Tisch und griff nach Leo, den Mama auf dem linken Arm trug. Rechts hielt sie Julius, der ein lautes »Bababa« von sich gab, als sie mit ihm Richtung Badezimmer verschwand.

»Da ist nichts mehr zu retten. Soll der Klottermann doch ruhig sehen, unter welchen Horrorbedingungen ich Hausaufgaben machen muss«, rief Zippa ihr hinterher, während sie versuchte, Leo in sein Kinderstühlchen zu setzen. Der machte sich aber steif wie ein Brett und griff nach ihren Locken.

»Autsch«, schrie Zippa und löste die winzigen Finger aus ihren Haaren.

»Rrrrr«, brabbelte er und patschte mit den flachen Händen auf den Tisch. Vor seinen Lippen bildeten sich durchsichtige Bläschen.

»Sabberling!«, murmelte Zippa, was Leo mit einem fröhlichen »Rrrr« beantwortete. Zippa sah ihn missmutig an und goss sich Tee ein.

»Knips, knips, knips, Mama macht ein Foto und alle sind gut drauf!«, schallte es aus dem Bad und Leo ließ ein kehliges »Wawawa« ertönen.

»Pieps, pieps, pieps, Mama hat ’nen Vogel«, äffte Zippa ihre Mutter leise nach und nippte an ihrem Tee. »Igitt«, rief sie und hätte den Tee beinahe in hohem Bogen ausgespuckt. Er war lauwarm und schmeckte nach altem Kaugummi!

Stumm kippte sie das Zeug in den Ausguss und füllte sich stattdessen ein Glas mit Leitungswasser. Doch als auch noch die Scheibe Brot, die sie aus dem Korb nahm, trocken auf dem Teller quietschte, konnte sie ihren Frust nicht mehr zurückhalten. »Sabber und altes Brot! Das ist alles, was es bei uns zum Frühstück gibt. Ich werde hier noch verhungern!«

Leo übertönte Mamas Antwort, weil er just in dem Moment mit den Füßen gegen den Tisch zu trommeln begann.

Wutentbrannt warf Zippa die trockene Brotscheibe in den Müll, stürmte in ihr Zimmer, stopfte alle herumliegenden Schulsachen in den Rucksack und war schon an der Garderobe. Dort fischte sie sich die apfelgrüne Jacke vom Haken und schlüpfte in ihre dunkelgrünen Chucks. In letzter Sekunde fiel ihr das Matheheft ein.

Schnell lief sie in die Küche und klappte es mit spitzen Fingern zu. Die Wohnungstür ließ sie so laut hinter sich ins Schloss fallen, dass Mama es nicht überhören konnte – selbst beim größten Babygeschrei!

»Zippa Modotti, du siehst so verknittert aus wie mein Kopfkissen.« Max zerknautschte mit beiden Händen seine Wangen, um das Gesagte zu unterstreichen, während Zippa in der Bäckerei ein Stück frischen Apfeltaler kaufte.

»Hahaha«, antwortete Zippa missmutig und reichte Max eine Hälfte des duftenden Kuchenstücks.

»Dir geht's gut!«, nuschelte Max kauend. »Du isst schon zum Frühstück den weltbesten Apfelkuchen! Wollen wir vielleicht Leben tauschen?«

»Sofort!«, sagte Zippa. »Seit die Sabberlinge da sind, ist mein Leben eine absolute Katastrophe. Ich wette nur, du würdest das keine Woche durchhalten.«

»Warum nicht?«

»Weil du nach einem Tag einen Schreikrampf kriegen, dir der Windeleimergeruch allen Appetit verderben und du innerhalb kürzester Zeit verhungern würdest.«

Max wiegte seinen Kopf zweifelnd hin und her. »Ich brülle lauter als die Zwillinge, Max-Zettel-Socken sind kampferprobte Biowaffen, und ich hätte kein Problem damit, mir jeden Morgen beim Bäcker als Frühstück ein Stück Apfeltaler zu kaufen. Außerdem bin ich morgens immer so gut gelaunt, dass deine Leute wahrscheinlich eher vor mir davonlaufen würden als ich vor ihnen!«

»Du hast ja keine Ahnung. Selbst die beste Max-Zettel-Laune könnte gegen den Modotti-Wahnsinn nicht anstinken. Außerhalb meines Zimmers herrscht Sabberalarm, mit meinem uralten Handy kann ich noch nicht einmal ins Internet und in der Küche kann ich auch nichts mehr machen. Dabei habe ich so viele tolle neue Backideen …« Zippa verstummte und biss sich erschrocken auf die Lippe. Beinahe hätte sie Max aus Versehen die Idee von der Jo-Jo-Torte verraten, mit der sie ihn überraschen wollte.

Ihr Blick fiel auf ihr Spiegelbild im Schaufenster des Schreibwarenladens, an dem sie gerade vorbeigingen. Sie sah aus, als hätte sie sich mit dem Staubsauger geföhnt. Ihre blonden Korkenzieherlocken standen nach allen Seiten ab und sahen aus wie dicke Antennen.

»He, warum sagt du nicht, dass ich wie ein explodierter Handfeger aussehe? Wenn ich nicht zufällig ins Schaufenster geguckt hätte, wäre ich so in der Schule erschienen!« Notdürftig versuchte Zippa, die Haare mit den Fingern zu bändigen.

»Ich habe doch gesagt, dass du wie mein Kopfkissen aussiehst«, erwiderte Max und zerknautschte noch einmal seine Wangen mit den Fäusten. Zippa lachte.

»Magst du vielleicht von heute bis Sonntag bei uns übernachten? Papa muss neue Spiele testen und wäre froh, wenn wir ihm dabei helfen«, schlug Max vor.

»Da fragst du noch? Am liebsten würde ich für die nächsten fünf Jahre bei euch einziehen!«

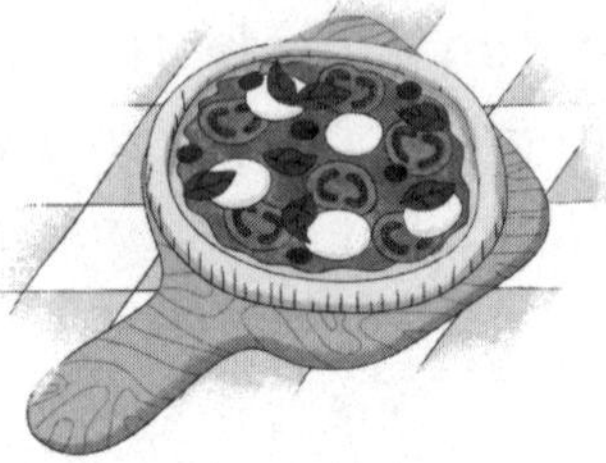

3

»Ich krieg es nicht hin!«

Auf dem Heimweg versuchte Max noch einmal den Spaghetti-Trick, den Zippa ihm in den Pausen gezeigt hatte, aber er kam nicht über den »Sleeper« hinaus.

»Wie lange hast du geübt?«, wollte er wissen.

»Drei Nachmittage.« Zippa presste ihre Lippen aufeinander. »Was soll ich zu Hause auch anderes tun? Wenn ich gewusst hätte, dass Geschwister zu haben bedeutet, dass man nur noch im eigenen Zimmer sicher ist, hätte ich mir niemals welche gewünscht.« Sie seufzte tief. »Weißt du, dass es vor hundertneunundneunzig Tagen bei uns zum letzten Mal Papa-Pizza gab?«

Max schaute sie irritiert an. »Du zählst die Tage?«

»Ja. Für jeden Tag, an dem es bei uns keine Papa-Pizza gegeben hat, habe ich einen Strich in mein Hausausgabenheft gemacht. Morgen sind es zweihundert!«

»Krass«, sagte Max.

»Wenn es keine Pizza in meinem Leben gäbe, dann müsste ich seit über elf Jahren mit meinem bescheuerten Vornamen rumlaufen!«, fuhr Zippa fort.

»Ich sollte auch eine Strichliste führen«, brummelte Max und steckte sein Jo-Jo weg. »Wahrscheinlich hast du mir jetzt schon zum dreihundertneunundneunzigsten Mal erzählt, dass du Zippa heißt, weil du als kleiner Hosenscheißer ›Pizza‹ nicht richtig aussprechen konntest.« Demonstrativ hielt sich Max die Hand vor den Mund und deutete ein Gähnen an.

Zippa schnaubte und setzte gerade zu einer Erwiderung an, als jemand rief: »Max, Zippa, wartet mal auf mich!«

»Stöcki!« Zippa tat so, als hätte sie nichts gehört, und beschleunigte ihre Schritte.

Max hielt sie am Ärmel fest. »Wir können Sonja nicht ignorieren. Mama hat mich erst kürzlich zusammengefaltet, weil wir sie immer Stöcki nennen«, flüsterte er.

»Letzte Woche ist sie mir mit ihren Stöckelschuhen voll auf den großen Zeh getreten«, gab Zippa empört zurück. »Sie glaubt, ich hätte nicht bemerkt, dass es Absicht war. Aber das war es!«

»Hi Cousinchen«, sagte Max und blinzelte gegen die Sonne.

»Habt ihr mich nicht gehört?«, schnaufte Sonja, hielt sich die Seite und sagte zu Zippa: »Ich hätte dich von hinten fast nicht erkannt. Wenn du eine Kapuze aufhast, siehst du aus wie ein Junge.«

»*Du* hast nach uns gerufen? Ich dachte, die alte Höpfner stöckelt hinter uns her«, antwortete Zippa spitz. Die beiden Mädchen funkelten sich einen Moment böse an.

Max holte tief Luft. »Was machst du hier? Hast du deinen Bus verpasst?«

»Heute treff ich mich noch mit einer Freundin. Wir gehen shoppen und Eis essen.« Sonja warf ihre langen blonden Haare zurück. »Weißt du eigentlich schon, dass ich am Samstag und Sonntag bei euch bin?«

»Wieso?«, rief Max erstaunt. Er klang kein bisschen erfreut.

»Bernd fliegt geschäftlich nach Berlin und Inge muss zu einem Klassentreffen nach Frankfurt. Mich parken sie bei euch.« Sonja kicherte und ließ eine pinkfarbene Kaugummiblase platzen. Bevor Max noch etwas erwidern konnte, drehte sie sich um und rief ihnen über die Schulter ein »Bye-bye« zu.

Zippa sah ihr nach und schüttelte den Kopf. »Wie die schon ihre Eltern nennt. Bernd und Inge!«

»Das will mein Onkel so«, meinte Max und zog ein Päckchen Kaugummi aus seiner Hosentasche. »Ich muss die auch bei ihren Vornamen nennen.«

»Ohne ›Tante‹ und ›Onkel‹?« Zippa nahm sich einen Kaugummi und gab die Packung an Max zurück. Der nickte.

»Blöd, dass Sonja am Wochenende zu uns kommt. Du kannst aber trotzdem bei mir übernachten. Wir müssen auch nicht die ganze Zeit mit ihr abhängen.«

Zippa nickte. Allein die Aussicht, bei Max nicht von Türengeklapper und Babygeschrei geweckt zu werden und sich an einen bereits gedeckten Frühstückstisch setzen zu können, war so verlockend, dass ihr die Anwesenheit von Max' nerviger Cousine fast egal war.

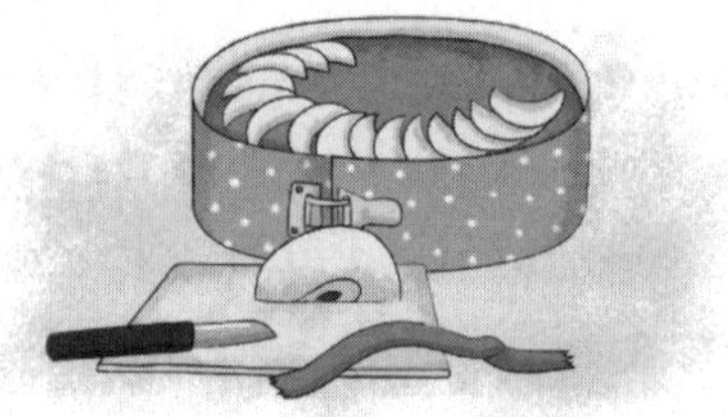

4

»Jammi!«

Max stopfte sich das letzte Stückchen Apfelkuchen in den Mund. »Der ist dir dieses Mal besonders gut gelungen!«

»Wirklich köstlich, Zippa. Und das erste Frühstück in diesem Jahr auf der Terrasse«, freute sich auch Papa Zettel und schenkte sich Kaffee nach.

»Isst du deinen Kuchen nicht?«, wandte sich Max an Sonja.

»Nö.« Sonja schüttelte den Kopf, während sie ihren ungesüßten Naturjoghurt verrührte. »Zu viel Zucker macht dick!« Sie rümpfte die Nase und reichte Max mit spitzen Fingern Zippas frisch gebackenes, goldgelbes Stück Apfeltaler.

»Ich könnte nie freiwillig auf den besten Apfelkuchen der Welt verzichten!«, sagte Max. »Was meinst du, Zippa?«

Zippa schüttelte mit vollem Mund den Kopf. »Aber ich würde einiges darum geben, einmal den *perfekten* Apfeltaler zu backen!«

Obwohl sie damals den Backwettbewerb gewonnen hatte, fand Zippa immer noch, dass ihr kein wirklich sensationeller Apfeltaler gelang. Irgendeine Zutat fehlte noch, und Zippa kam einfach nicht dahinter, welche das war.

»Könnt ihr mir beibringen, wie man Jo-Jo spielt?«

Zippa sah Sonja erstaunt an. »Hast du denn ein Jo-Jo?«, fragte sie überrascht.

»Robert hat mir eins geschenkt.« Sonja strahlte Papa Zettel an und holte ein neonpinkfarbenes Jo-Jo aus ihrer Handtasche.

»Okay, von mir aus. Lass uns in den Garten gehen, und dann zeige ich dir, wie es geht.«

Als Zippa die Wohnungstür aufschloss, schlug ihr warme, stickige Windeleimer-Luft entgegen und im nächsten Moment hörte sie auch schon einen der Zwillinge brüllen.

Ohne mit einem üblichen »Bin da« ihre Heimkehr anzukündigen, streifte sie die Schuhe von den Füßen und lief mit angehaltenem Atem zu ihrem Zimmer. Dort stieß sie mit der Tür mit voller Wucht gegen etwas Weiches.

»Huch«, erschrak sie, denn ihr Vater saß direkt hinter der Zimmertür auf dem Boden und baute ihr uraltes Kinderbett zusammen. Ein dunkelblaues Gitterbett mit weißen Sternen und einem gelben Mond an den Seitenteilen.

»Zippa, du kannst mir gleich zur Hand gehen. Halt mal fest.«

»Warum machst du das in meinem Zimmer?« Zippa sah sich verwundert um. Überall lagen Schräubchen und Bettteile verstreut.

»Hat Mama noch nichts gesagt?« Papa hielt inne, und Zippa sah, wie seine Augen groß wurden und er dann ihrem Blick auswich.

»Also, Mama und ich, ähm, vielmehr die Zwillinge, ähm, die müssen jeder ein eigenes Bett kriegen. Aber zwei Betten passen nicht in unser Schlafzimmer«, stotterte er.

Zippa erstarrte. »In mein Zimmer passen die aber auch nicht!«, entgegnete sie und verschränkte die Arme vor der Brust. »Nur über meine Leiche!«

»Du bekommst ja das Zimmer neben der Küche. Das richten wir schön ein«, beruhigte sie ihr Vater, während er versuchte, der wackligen Bettkonstruktion Halt zu geben, indem er ein Knie dagegendrückte.

Zippa riss die Augen auf und begriff. Es war beschlossene Sache – die kleinen Hosenscheißer bekamen ihr Zimmer!

»Mach dir keine Mühe, ich ziehe sowieso hier aus. Die Zettels nehmen mich bestimmt auf!«

Wutschnaubend lief Zippa ins Bad und knallte die Tür hinter sich zu. Dort vergrub sie ihr glühendes Gesicht in einem großen Duschhandtuch, und als sich aus ihrer Kehle der erste Schluchzer gelöst hatte, stiegen unzählige hinterher. Das konnte doch wohl nicht wahr sein!

»Zippa, mach doch bitte die Tür auf.« Das war Mamas Stimme und die Türklinke bewegte sich auf und nieder.

Zippa antwortete nicht. Stattdessen nahm sie die Zahnpastatube und schrieb: ARSCHLÖ auf den Spiegel. Das CHER passte nicht mehr hin. Dann experimentierte sie noch mit verschiedenen Lippenstiften ihrer Mutter und verschmierte zum Schluss alles miteinander.

Sie stoppte ihr künstlerisches Schaffen, als ein kleiner Zettel unter der Tür durchgeschoben wurde. Darauf stand: »*SOS! Brauche Hilfe beim Pizzabacken – klebrige Patschehände mit Zerstörfunktion sind keine Alternative! Papa*«

Zippa zerknüllte den Zettel und spülte ihn im Klo herunter.

»Deine Pizza kannst du dir in die Haare schmieren!«, knurrte sie wütend.

Nach einer Weile drang der Duft von frischer Pizza durch die Türritze. Zippa lief das Wasser im Mund zusammen und ihr Magen knurrte. Seit dem ausgiebigen Frühstück bei Max hatte sie nichts mehr gegessen.

Sie öffnete zaghaft die Tür und blieb unschlüssig stehen. Das Gitterbett stand jetzt aufgebaut im Flur, sodass sie sich daran vorbeiquetschen musste, wenn sie zum Wohnzimmer wollte.

»Darf ich etwas zu meiner Verteidigung sagen?« Papa stand in der Tür. »Keiner will dich vertreiben. Mama und ich, wir lieben dich. Es tut mir leid, dass unser Leben zurzeit so chaotisch ist. Nach elf Jahren mit nur einem Kind plötzlich eine Großfamilie zu sein, das ist ein bisschen wie Autofahren kurz nach dem Führerschein. Man weiß zwar theoretisch, wie es geht, kommt praktisch aber total ins Schwitzen.«

Zippa sah ihren Vater erwartungsvoll an.

»Wir haben alle Varianten durchdacht. Unser Bett passt nicht in das kleine Zimmer und die zwei Betten der Zwillinge auch nicht. Wir dachten, dass du …, also, diese Variante erschien uns als einzig mögliche.«

»Ihr werft mich aus meinem Zimmer! Ohne mich

zu fragen! Ich bin doch kein Möbelstück, das man einfach mal so umstellt!«

»Da muss ich dir recht geben. Wir hätten dich mit einbeziehen sollen. Das tut mir leid, mein Schatz.«

»Und was heißt das jetzt?« Mit verschränkten Armen lehnte sich Zippa gegen den Türrahmen. Ihr Magen knurrte so laut, dass sie gar nicht mehr richtig denken konnte.

»Mist, die Pizza brennt an«, murmelte ihr Vater und eilte in die Küche. Zippa folgte ihm. Während er die Pizza aus dem Ofen holte, öffnete sie langsam die Tür zu dem schmalen Zimmer, das direkt an die Küche angrenzte. Darin standen ein alter Schreibtisch, ein hoher Schrank, ein Wäscheständer und eine staubige Yuccapalme, die Papa *Rockstar* getauft hatte.

»Es ist nur halb so groß wie meines!«

»Man kann es schön machen. Neue Farbe an die Wände, ein kuscheliger Teppich und vielleicht ein großer Spiegel an die Tür.«

Zippa zuckte resigniert mit den Schultern. Ihr Magen knurrte so laut, dass sie für ein Stück Pizza alle möglichen Zugeständnisse gemacht hätte.

5

»Oh nein!«

Zippa blieb wie erstarrt im Flur stehen und lauschte. Das war Mamas Stimme. Sie zog sich rasch die Schuhe aus und lief zur Wohnzimmertür.

»Sie war doch vor drei Wochen noch topfit!«, hörte sie jetzt Mama sagen. Ausnahmsweise schien sich das Telefonat nicht um Babynahrung, Einschlafrituale oder wunde Hintern zu drehen. Wer war topfit? Mit wem telefonierte sie da?

»War jemand von euch dabei?« Mamas Stimme klang bedrückt. Neugierig stieß Zippa die Wohnzimmertür auf. Ihre Mutter saß auf der Stuhlkante und hielt mit der Linken das Telefon ans Ohr gepresst.

Was war passiert? Hatte jemand einen Unfall gehabt? Zippas Herz begann zu klopfen. Mama blickte auf und Zippa bemerkte ein feuchtes Glänzen in ihren Augen.

»Ich rufe später noch mal an«, beendete sie das Telefonat mit brüchiger Stimme. Dann erhob sie sich und trat auf Zippa zu. Ihre Unterlippe zitterte.

»Uroma Mila ist gestorben«, sagte sie leise. Ihre warme Hand strich dabei über Zippas Wange.

»Unsere Urmila?« Zippa zog die Stirn kraus. Sie musste sich verhört haben. Uroma war zwar schon sehr alt – sie hatte Zippa erst kürzlich berichtet, dass es in ihrer Kindheit noch nicht einmal Fernseher gegeben hatte –, aber sie war doch nie im Leben so uralt, dass sie einfach sterben konnte!

»Opa Viktor sagt, sie hätte sich schon die ganze Woche nicht so wohl gefühlt und viel geschlafen. Und letzte Nacht, da muss sie einfach im Schlaf gestorben sein.«

»Urmila ist tot? Ganz in echt?« Zippa flüsterte nur.

Mama nickte langsam, wischte sich über die Augen, und obwohl in dem Moment einer der Zwillinge losbrüllte, blieb sie bei Zippa und nahm sie fest in den Arm.

Zippa kam alles vor wie ein Traum. Als die Zwillinge begannen, gemeinsam zu schreien, sah Mama Zippa entschuldigend an, dann lief sie nach nebenan.

Zippa ging zum Klavier, auf dem die Familienfotos

standen, und nahm Urmilas Porträt in die Hand. Sie versuchte sich ihre Uroma im Bett liegend vorzustellen, konnte es aber nicht. Wenn Urmila nicht gerade im Sessel saß und witzige Erlebnisse aus ihrer Jugend erzählte oder Kreuzworträtsel löste, wuselte sie durch die Gegend. Entweder war sie im Garten und zupfte Unkraut oder sie ging spazieren.

Zippa schloss die Augen, und es war ihr, als hörte sie ihre Uroma wieder sagen: »Na, du kleine Entdeckerin! Wie wäre es mit einer Schatzsuche? Vielleicht findest du sogar den berühmten Modotti-Schatz?«

Papa hatte Zippa erzählt, dass Urmila ihm in seiner Kindheit auch schon immer dieses Märchen vom Modotti-Schatz erzählt hatte. Natürlich war das eine Erfindung von ihr, aber manchmal stellte sich Zippa vor, es gäbe ihn wirklich und sie würde ihn finden.

Die letzte Schatzsuche, auf die Urmila Zippa und ihre Geburtstagsgäste geschickt hatte, war Zippa dann aber eher peinlich gewesen. Klar, Urmila hatte es nur gut gemeint. Aber die bunten Tierfiguren aus Hartgummi, die sie in die Schatzkiste gesteckt hatte – eine Figur für jeden Gast –, hatten gezeigt, dass Urmila manchmal zu vergessen schien, dass nicht nur sie, sondern auch Zippa mit jedem Jahr älter wurde.

Zippas Augen füllten sich mit Tränen. Dieses Jahr, an ihrem Geburtstag am 28. Juli, würde es keine Urmila-Schatzsuche geben. Nie wieder würde es eine geben.

6

»Ach, Urmila!«

Nachdenklich saß Zippa am Samstagmorgen auf ihrem Schreibtischstuhl und blickte auf eine kleine braune Kiste, die vor ihr auf dem Tisch stand. Ihr Papa hatte sie ihr am Tag nach Urmilas Beerdigung mit den Worten »Das ist ein Paket, das Mila offenbar noch vor ihrem Tod für dich vorbereitet hat« übergeben.

Sie griff sich das neue Smartphone, das ihr Papa ebenfalls überreicht hatte, und machte damit ein Foto. Nachdenklich strich Zippa mit den Fingern über den Karton. In ihrer altmodisch schnörkeligen Schrift hatte Urmila daraufgeschrieben: *Für Isabella-Zippa Modotti.*

Als Zippa vorsichtig den Deckel hob, kam eine Lage Seidenpapier mit zartem Blumenaufdruck zum Vorschein. Auf dem Seidenpapier lag ein Briefumschlag. Zippas Herz klopfte, als sie ihn öffnete. Behutsam zog sie die Karte aus dem Umschlag.

Auf der Vorderseite stand ein eingedruckter Spruch:

»Namen –
damit hat es eine sehr geheimnisvolle Bewandtnis.
Ich bin mir nie ganz klar darüber geworden,
ob der Name sich nach dem Kinde formt
oder ob sich das Kind verändert,
um zu dem Namen zu passen.
– John Steinbeck«

Zippa runzelte die Stirn und klappte andächtig die Karte auf.

Liebe Zippa,

seit Du auf der Welt bist, habe ich jedes Jahr zu Deinem Geburtstag ein Paket für Dich gepackt. Und als Du alt genug warst, habe ich Dich jedes Jahr mit einer Schatzsuche überrascht.

Wenn Du diesen Brief erhältst, werde ich nicht mehr da sein. Und das hier wird das letzte Paket sein, das Du von mir bekommst.

Hier sind drei Geschenke für Dich. Und außerdem noch eine letzte Schatzsuche, die Du aber erst an Deinem Geburtstag machen sollst! Ich verspreche Dir, dieses Mal wirst Du den echten Modotti-Schatz finden!

Liebe Zippa, ich hoffe, Du wirst Dich immer gerne an mich erinnern, auch wenn Du jetzt, nach meinem Tod, etwas über mich erfährst, das Du vielleicht nicht sogleich verstehen wirst.

Alles Liebe,
Deine Urmila,
die Dich sehr lieb hat (und die eigentlich auf den schönen Namen Emilia getauft wurde. Falls ich noch mal geboren werden sollte, würde ich diesen schönen Namen höchstens für meine Urenkel zu einer Uremilia verkürzen).

Zippa schluckte und spürte einen heißen Druck hinter den Augen. Tränen rollten über ihre Wangen und blieben salzig an ihren Lippen hängen.

Stumm las sie Urmilas Zeilen noch einmal, legte den Brief zur Seite und schlug das Seidenpapier auf.

Darunter lag eine flache kleine Plastiktüte, in der sich etwas Weiches befand. Zippa sah einen dünnen, in verschiedenen Grüntönen glänzenden Stoff, der sich beim Herausholen als luftiges Sommerkleid entpuppte. Der Stoff fühlte sich kostbar an.

Zippa hielt sich das Kleid einmal kurz vor ihren

Körper. Im Grunde war es ein nutzloses Geschenk, fand sie. Auch wenn ihr die Farbe gut gefiel, würde sie das Teil niemals anziehen. Sie hasste Röcke und Kleider.

Darunter kam eine kleine Schatulle zum Vorschein. Sie roch ganz leicht nach Bergamotte. Bestimmt war früher einmal Tee darin gewesen. In der Kiste lag wieder etwas, das in Seidenpapier gewickelt war: eine goldene Taschenuhr, etwa so groß wie ein Teelicht, nur schwerer.

Ehrfürchtig nahm Zippa die Uhr in die Hand. Der Deckel mit dem feinen Muster glänzte wie poliert. Sie drückte auf einen kleinen vorstehenden Knopf und der Deckel der Uhr sprang auf.

Auf der Innenseite war in schwungvollem Schriftzug ihr Name eingraviert: Isabella Modotti.

»Ach, Urmila!«, stöhnte Zippa auf und klappte den Deckel der Uhr zu. Tränen brannten erneut hinter ihren Augen.

Am Boden der Kiste lag ein dickes Fotoalbum. Einige Fotos waren Schwarz-Weiß-Bilder, andere waren farbig. Sie sahen alle alt und abgegriffen aus und waren mit Urmilas altmodischer Schreibschrift sorgfältig beschriftet.

Zippa stellte überrascht fest, dass Urmila einst feuerrote Locken gehabt hatte. Sie kannte ihre Uroma nur mit weißem Haar, das sie immer zu einem Dutt gebunden hatte. Ganz am Anfang des Albums war ein Foto von einem dicken Baby und einem jungen Mann mit Schnauzbart. Was Urmila zu diesem Foto geschrieben hatte, konnte Zippa, im Gegensatz zu den anderen Anmerkungen, sofort entziffern: *Das einzige Bild von meinem Vater und mir.*

Als Zippa diesen Satz las, musste sie wieder weinen.

7

»Wir haben ein Haus geerbt?«

Zippa stürmte am Sonntagmorgen direkt aus dem Bett in die Küche.

»Du bist schon wach?«, staunte ihr Vater und sah auf die Küchenuhr, die kurz vor acht zeigte.

»Was glaubt ihr denn?«, entgegnete Zippa. »Ich höre jedes Wort von euch. Eigentlich könnte ich mein Bett gleich in der Küche aufschlagen.«

»Jetzt übertreib nicht so«, mischte sich Mama ein.

Julius brüllte »Wah« und Leo schleuderte seinen Schnuller gegen Zippa.

»Geht's noch?!« Zippa hob das Wurfgeschoss auf und pfefferte den Schnuller auf den Tisch. »Von welchem Haus redet ihr?«

Zippas Vater wiegte bedächtig den Kopf. »Mama und ich sind total geplättet. Mila hat uns ein Haus vererbt, von dem noch nicht einmal Oma und Opa etwas wussten.«

»Echt?« Zippa sah ihre Eltern mit großen Augen an. »Wo ist das Haus denn?«

»Ganz in der Nähe. Wir haben es uns gestern bei unserem Spaziergang mit den Zwillingen mal von außen angesehen«, antwortete Mama.

»Und wie sieht es aus?« Zippa wackelte ungeduldig auf ihrem Stuhl hin und her.

»Es ist ein ziemlich altes Haus mit einem kleinen Türmchen und einem verwilderten Vorgarten«, erzählte Papa. »Wir können nachher zu Fuß dorthin gehen und es uns gemeinsam ansehen.«

»Nachher? Gleich!«

Nach ungefähr fünfzehn Minuten Fußweg bog Familie Modotti von einer breiten Allee in eine schmale Straße ein, die von großen Grundstücken mit altehrwürdigen Häusern gesäumt war.

Nach ein paar Metern deutete Papa auf eine ockerfarbene Villa mit großen Fenstern, deren Rahmen grün gestrichen waren. Zippa stockte der Atem. Ein Türmchen streckte sich auf einer Seite des Hauses gen Himmel und auf seiner Spitze thronte eine rostige Wetterfahne. Ein geschwungener schmiedeeiserner Zaun grenzte das verwunschene Vorgärtchen ab, in dem alles wild durcheinanderblühte.

»Das ist es?«, vergewisserte sich Zippa, und als ihre Mutter nickte, strahlte sie über das ganze Gesicht. »Oh, ist das schön!«

Sie liefen durch ein großes eisernes Flügeltor auf das Grundstück. Papa stellte den Zwillings-Kinderwagen ab und Zippa sah sich um. Hinter dem Haus erstreckte sich ein prächtiger Garten. Es gab knorrige Obstbäume und unkrautüberwucherte Beete. Eine rostige Hollywoodschaukel stand vor einem kleinen, schiefen Schuppen.

»Die Hauswand ist aber schon lange nicht mehr verputzt worden«, stellte Papa fest und deutete auf die bröckelnde Fassade. Dann zog er einen Schlüssel aus seiner Tasche und öffnete die knarrende Tür.

Zippa folgte Papa und Mama, die jeder einen der Zwillinge auf dem Arm trugen, über die Schwelle in den dunklen Eingangsbereich. Durch einen Windfang ging es zu einer Tür mit bunten Glasscheiben, und dahinter tat sich eine kleine Halle auf, von der weitere Türen abgingen, sowie eine breite Holztreppe, die ins obere Stockwerk führte.

»Das ist ja riesig«, staunte Zippa. Sie öffnete wahllos eine der Türen und stand in einer großen Küche. Der Boden war schwarz-weiß gefliest und die Wände zitronengelb. Auf einigen Fliesen waren kleine Abbildungen von Torten oder anderen Süßigkeiten zu erkennen.

»Schaut mal, Mama, Papa«, rief Zippa, »Torten! Als hätte das Haus gewusst, wie gerne ich backe!«

Mama sah Zippa lächelnd an und nickte, während Papa stirnrunzelnd die Fliesen inspizierte.

»Hier ist ja einiges zu machen«, sagte er. »Diese Fliesen sind ganz rissig.«

»Aber sie sind so schön!«, rief Zippa und stürmte weiter.

»Wawawa«, machte Julius und zappelte zustimmend in Mamas Armen.

Neben der Küche führte eine Tür in ein Esszimmer, das sogar einen kleinen Erker hatte. Der Dielenboden knarrte unter ihren Füßen, als sie durch eine breite Schiebetür in das Wohnzimmer schritten. Durch die staubigen Fensterscheiben warf Zippa einen Blick auf die Terrasse. Dort standen ein schiefer Metalltisch und zwei verrostete Stühle.

»Und schaut mal, wie schön wir draußen sitzen können!«, schwärmte sie.

»Ja, sogar wenn es regnet, die Terrasse ist ja überdacht!«, ergänzte Mama.

»Habt ihr gesehen, wie rostig die Terrassenmöbel sind?«, murmelte Papa, während sie die knarrende Treppe zum oberen Stockwerk hinaufgingen.

Im ersten Stock entdeckten sie einen ausladenden Balkon und ein weiteres Badezimmer. »Mit schweinchenrosa Kacheln«, kommentierte Papa schmunzelnd.

Neben dem kleinen Bad gelangte man in ein sehr großes wunderschönes Zimmer, von dem noch eine weitere schmale Tür abging. »Und hier geht's auch noch weiter!« Zippas Herz machte einen Hüpfer. War dahinter etwa der Turmaufgang?

Tatsächlich entdeckte sie eine schmale Holztreppe, die sie aufgeregt und mit schnellen Schritten erklomm. Die Schwelle am oberen Ende der Treppe gab ein lang gezogenes Knarzen von sich, als Zippa darauftrat.

Wie vom Donner gerührt, blieb Zippa stehen. Sie bekam den Mund nicht mehr zu, so überwältigt war sie von dem, was sie sah. In dem Turmzimmer befand sich eine komplett eingerichtete Küche! In der Mitte des kleinen, sechseckigen Raumes stand ein runder Holztisch. Gegenüber der Tür befand sich ein altmodischer Herd mit schwarzen Kochplatten und einem Backofen, an den eine schiefe Kommode mit Schubfächern, ein Spülbecken, ein winziges Regal und eine kleine Holzbank grenzten. Der dunkle Dielenboden glänzte, als ob er gerade frisch poliert worden wäre.

»Zippa?«, hörte sie Papa rufen.

»Hier oben«, antwortete sie atemlos. »Das müsst ihr euch anschauen!«

Papa kam die Treppe heraufgestapft, den strampelnden Leo im Arm haltend. »Sieht fast so aus, als ob hier im oberen Stockwerk noch eine zweite Partei gewohnt hat«, stellte er staunend fest.

»Das ist die niedlichste Küche, die ich jemals gesehen habe!« Zippa hüpfte auf der Stelle und Leo quietschte fröhlich.

»Na, Leo, was meinst du?«, fragte Papa lachend. »Falls wir in diese Villa Modotti-Kunterbunt einziehen, wird das hier wohl Zippas Reich werden.«

Zippa drehte sich zu ihm um und strahlte ihn an. »Was heißt hier FALLS? Wir MÜSSEN hier einziehen. Das hier ist ein Wunder! Ich kann nicht glauben, dass Urmila uns nie von dem Haus erzählt hat!«

»Ja, das ist verrückt«, sagte Papa und schob sich Leo auf den anderen Arm. »Später, wenn die Zwillinge im Bett sind, erzählen Mama und ich dir alles, was wir bisher über das Haus wissen. Versprochen!«

8

»Also, warum hat Urmila nie etwas von diesem Haus erzählt?«, wollte Zippa wissen, als sie am Abend endlich mit ihren Eltern am heimischen Küchentisch saß.

»Das wissen wir leider auch nicht«, sagte Papa. »Es muss etwas mit ihrer Familiengeschichte zu tun haben. Milas Vater hat die Familie verlassen, als Mila sieben Jahre alt war. Mila erzählte immer, sie hätte seitdem nie wieder Kontakt zu ihm gehabt.«

»Wie schrecklich!« Zippa schluckte und ihre Mutter strich ihr sanft über die Hand.

»Auf jeden Fall muss Milas Vater mit einer anderen Frau noch eine Tochter gehabt haben, die Anna hieß«, fuhr Papa fort. »Diese Anna Modotti war somit Milas Halbschwester.«

»Mir hat Urmila immer erzählt, dass sie sich so sehr Geschwister gewünscht hat«, erinnerte sich Zippa. »Als Leo und Julius geboren wurden, da hat sie immer wieder gesagt, wie wunderbar es doch sei, dass ich nun kein Einzelkind mehr bin, so wie sie damals.«

Papa nickte. »Dieser Anna hat jedenfalls das Haus gehört und nach ihrem Tod vor einem Jahr hat sie es Mila vererbt.«

In Zippas Kopf arbeitete es. »Also, Anna war Urmilas Halbschwester«, wiederholte sie. »Dann war sie also meine Halb-Urgroßtante!«

»Tja.« Zippas Vater wiegte seinen Kopf hin und her. »So kann man das wohl sagen.«

»Aber warum hat Urmila uns nie gesagt, dass keine Viertelstunde Fußweg von unserem Zuhause entfernt ihre Halbschwester gewohnt hat? Vielleicht bin ich Anna früher ja sogar zufällig auf der Straße begegnet?«, fragte Zippa.

Papa rieb sich das Kinn und zuckte mit den Schultern. »Das wäre durchaus möglich. Jedenfalls hat uns Mila nie etwas von ihrer Halbschwester gesagt: Und nun hat sie uns das Haus einfach kommentarlos weitervererbt.«

»Vielleicht hat sie selbst erst von der Existenz ihrer Halbschwester erfahren, als Anna gestorben ist«, mutmaßte Mama.

Zippa nickte nachdenklich. »Gibt es von Anna ein Foto? Und wo sind eigentlich ihre ganzen Sachen hingekommen?«

Papa schüttelte den Kopf. »Ich habe nicht die leiseste Ahnung!«

»Auf alle Fälle ist das Haus soooo schön und die perfekte Villa Modotti. Ich kann es gar nicht erwarten, dort einzuziehen! Dort gibt es richtig viel Platz für einen Kickertisch für Max und mich! Und für eine Tischtennisplatte! Und in der Turmküche könnte ich neue Backrezepte ausprobieren. Und Pralinen! Und …«

»Das müssen wir alles erst noch sehen«, unterbrach Papa sie und gähnte herzhaft. »Zuerst einmal warten wir ab, was der Gutachter zu der Bausubstanz sagt und wie teuer uns die Renovierung kommt.«

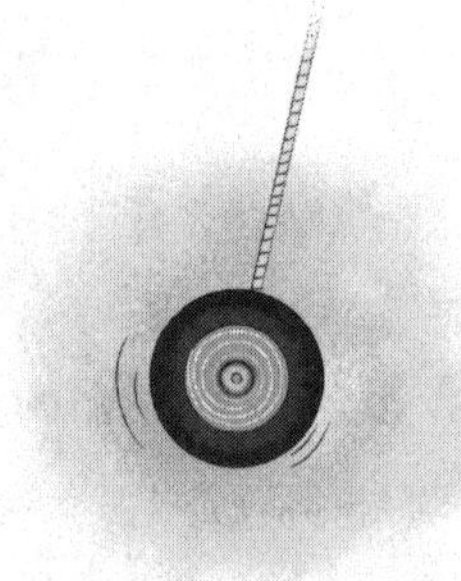

9

»Ihr habt jetzt ein Haus?!«

Max blieb stehen und sah Zippa erstaunt an.

»Oh ja, es ist riesig und hat sogar einen großen Garten. Aber das Beste ist die Turmküche. So was hast du noch nie gesehen!« Zippa begann aufgeregt zu erzählen, während Max ein Stück Apfeltaler aß, das Zippa ihm zur Feier des Tages spendiert hatte.

»Sehr seltsam ist allerdings bei der ganzen Sache, dass Urmila uns nie von ihrer Halbschwester erzählt hat«, endete Zippa.

»Vielleicht konnten deine Urmila und Anna sich nicht ausstehen«, sagte Max, während sie auf das Schulhaus zugingen. »Oder vielleicht war ihr das mit der Halbschwester peinlich.«

»Hallo Max!« Sonja war wie aus dem Nichts neben ihnen aufgetaucht und würdigte Zippa keines Blickes. »Schau mal, ich kann jetzt schon den Walk the Dog!«

Sie führte einen klassischen Jo-Jo-Trick vor, bei dem man das Jo-Jo auf dem Boden rollen ließ.

»Super«, sagte Max und reckte seinen Daumen in die Höhe. »Findest du nicht auch?« Er sah Zippa auffordernd an.

»Ja, toll«, antwortete Zippa. »Ich muss schon mal an meinen Platz«, log sie und stürmte ins Schulhaus. Dass Sonja jetzt auch Jo-Jo-Tricks lernte, fand sie irgendwie blöd. Sie hätte Max gerne noch mehr von dem neuen Haus erzählt, aber wenn Sonja dabei war, hatte sie dazu keine Lust.

10

»Noch sechsundfünfzig Tage bis zu meinem Geburtstag!«, verkündete Zippa am Wochenende beim Frühstück. »Den könnte ich doch schon in der Modotti-Villa feiern!«

»Nur mal langsam«, wandte Papa ein. »Wir wissen doch noch gar nicht, ob wir da wirklich einziehen. Das Haus ist ein ziemlich alter Kasten, Zippa. Da werden einige Renovierungen fällig, und die kosten sehr viel Geld.«

»Aber wir MÜSSEN da einziehen!«, rief Zippa. »Sonst trete ich in Hungerstreik oder lass mich von den Zettels adoptieren!« Sie rührte aufgebracht in ihrem Müsli. »Das wird der erste Geburtstag meines Lebens ohne Mila.«

Sie musste plötzlich wieder an den Brief denken, den Urmila ihr geschrieben hatte. Ihre Uroma hatte eine letzte Schatzsuche für sie vorbereitet, die sie an ihrem Geburtstag machen sollte. Aber vielleicht konnte Zippa jetzt schon mal nach einem Hinweis suchen oder sich zumindest das Fotoalbum genauer ansehen …?

Vielleicht ist da ein Foto von Anna drin!, schoss es ihr durch den Kopf. Sie stürmte in ihr Zimmer und zog die Kiste unter dem Bett hervor.

Unter mehr als zwanzig Bildern hatte Urmila in ihrer altmodisch verschnörkelten Schrift etwas geschrieben. Mühevoll entzifferte Zippa einen Satz unter dem Foto, das sie und Urmila im Zoo zeigte.

Wenn man mit einer Urmila vor einem Orang-Utan-Käfig steht, darf man sich nicht wundern, wenn die Affen gaffen. Aber Zippa, schau genauer, dann wirst du noch schlauer!

Zippa wusste sofort, dass dieses Rätsel zu der Schatzsuche gehörte. Das war ein typisches Urmila-Rätsel. Sie musste unbedingt Max fragen, ob er ihr bei der Schatzsuche helfen wollte.

11

»Juchhu!«

Zippa tanzte am Sonntagmorgen um den Frühstückstisch. »Wir ziehen in die Villa, wir ziehen in die Villa!«

Mama lächelte, während sie versuchte, die Zwillinge zu füttern, die Zippa mit großen Augen ansahen.

»Aber wenn sich herausstellen sollte, dass uns die Ausgaben für das Haus über den Kopf wachsen, verkaufen wir es«, versuchte Papa Zippa etwas einzubremsen, die jubelnd durch die Wohnung hüpfte.

Es dauerte noch drei Wochen, bis das Haus in einem bewohnbaren Zustand war, und erst kurz vor den

Sommerferien, die Anfang Juli begannen, konnte Zippa endlich die erste Nacht in ihrem neuen Zimmer verbringen. Die Wandfarben hatte sie selbst ausgesucht. Ein helles lichtes Grün bis auf Kopfhöhe, darüber eine dünne cremeweiße Bordüre, die dann in einen Fliederton überging.

»Und?«, fragte Zippa, als Max zum ersten Mal in ihrem fertig renovierten und eingerichteten Zimmer stand.

»Bis auf die Wandschminke ist es echt top.«

»Das ist doch keine Schminke!«

»Doch, das ist Mädchenstil«, beharrte er.

»Du bist ja nur neidisch«, sagte Zippa und setzte sich auf ihr neues Sofa, das ihre Oma gestiftet hatte.

»Und, hast du schon Eiscreme im Kühlschrank?«, fragte Max und öffnete den Zugang zum Turm. Zippa folgte ihm lachend. »Max, du bist wirklich ein Eisbällchengrab!«

Oben war es stickig und Zippa öffnete eines der Fenster. Sie musste sich etwas strecken, um nach draußen bis auf die Straße schauen zu können. Ihr Blick blieb an einer alten Frau hängen, die zu ihnen hinaufstarrte. Die Frau trug trotz der Wärme einen dicken schwarzen Mantel.

Zippa lächelte sie an, doch die Frau verzog keine Miene. Sie starrte weiterhin nach oben und ihre kleinen Augen schienen Zippa zu durchbohren. Irritiert zog Zippa den Kopf zurück und schloss das Fenster.

Max sah auf die Uhr und stöhnte. »Ich muss leider los. Sonja kommt heute mal wieder zu uns. Mit Übernachtung!«

»Schade«, sagte Zippa. »Papa macht heute extra Pizza, damit wir unseren ersten Abend im Haus gebührend feiern können. Du hättest bestimmt auch hier übernachten dürfen.«

Max seufzte. »Auf Pizza mit euch hätte ich jetzt viel mehr Lust als auf einen Abend mit Sonja.«

Zippa brachte Max nach unten und begleitete ihn bis ans Gartentor. Als er schon ein paar Meter entfernt war, fiel ihr plötzlich wieder Urmilas Schatzsuche ein. Sie hatte Max doch fragen wollen, ob er ihr half. Schon schickte sich Zippa an, ihm hinterherzulaufen, doch in dem Moment sah sie die Alte wieder. Sie stand auf dem schmalen Balkon des Nachbarhauses und kehrte Zippa den Rücken zu.

Neugierig schlich Zippa näher heran, um sie besser sehen zu können. Als sie am Zaun unterhalb des Balkons stand, drehte sich die Frau um und kippte schwungvoll einen Eimer Wasser über die Brüstung. Zippa schrie auf und sprang erschrocken zur Seite. Dennoch traf sie der Wasserschwall mit voller Wucht. Die Alte verschwand im Haus, ohne Zippa eines Blickes zu würdigen.

»Was für Leute wohnen eigentlich neben uns?«, fragte Zippa, als sie nach dem dritten Stück Pizza keinen Bissen mehr hinunterbrachte.

»Links soll eine Familie mit drei Kindern wohnen, die aber für ein Jahr im Ausland sind. Und dort drüben«, Mama wies zu dem Haus, in dem Zippa die Alte gesehen hatte, »wohnt eine alte Dame. Frau Rosenbusch.«

Zippa nickte und wollte gerade erzählen, wie komisch sich Frau Rosenbusch verhalten hatte, als Julius Papas Weinglas zu fassen bekam und die rote Flüssigkeit auf seinem weißen Strampelanzug verteilte.

»Boa, der Sabberling sieht aus wie frisch lackiert«, rief Zippa genervt.

»Zippa!«, ermahnte Mama sie empört und Papas Miene verfinsterte sich. »Muss unser erster Abend im neuen Haus so enden?«

Zippa sprang von ihrem Stuhl auf und rannte die Treppe hinauf. *Wie gut*, dachte sie, *dass mein Zimmer so weit weg ist von den anderen.*

12

»Stöcki zieht bei euch ein?« Zippa ließ sich am letzten Schultag auf den Stuhl neben Max fallen und sah ihn entsetzt an.

»Ja, sie wohnt schon seit gestern bei uns. Tante Inge hat sich ein Bein gebrochen und muss in eine Spezialklinik«, sagte Max mit finsterer Miene.

»Und für wie lange?«

Max zog die Augenbrauen hoch und öffnete die Hände. »Bis meine Tante wieder fit ist.«

»Und Onkel Bernd?«

»Ist auf Geschäftsreise.«

Zippa legte Max tröstend eine Hand auf den Arm. »Aber deine Cousine kann doch nicht die ganzen Ferien über mit dir in deinem Zimmer pennen?«

»So weit kommt's noch«, rief Max. »Sie schläft in Papas Arbeitszimmer.«

»Gott sei Dank.« Zippa atmete erleichtert auf. »Du kannst natürlich ganz oft zu uns kommen. Von mir aus auch heute. Wir müssen uns nur eine Stunde um Leo kümmern, wenn Mama mit Julius beim Kinderarzt ist.«

»Na, solange ich nicht backen, sondern nur den kleinen Hosenscheißer beschäftigen muss, komme ich gerne!«, sagte Max lachend.

»Ihr lasst ihn nicht aus den Augen und draußen darf er nur im Schatten sein«, sagte Mama noch einmal in diesem typischen Mama-Tonfall, bevor sie Max, Leo und Zippa endlich alleine ließ.

Auf der Hollywoodschaukel im Garten, die neu gestrichen war und ein himmelblaues Polster und ein orangefarbenes Dach bekommen hatte, machten es sich Zippa und Max bequem. Sie setzten Leo zwischen sich und spielten eine Runde Quiz-Duell.

»Grrr«, gurrte Leo vergnügt und grapschte nach Max' Smartphone.

»Nein, Leo«, sagte Zippa streng, aber Max lachte nur. »Lass ihn doch«, sagte er und streckte Leo sein Handy hin.

Glucksend steckte Leo es sich in den Mund, und

als Zippa es ihm abnahm, begann er wütend zu brüllen. Zippa seufzte.

»Weißt du was, ich könnte doch eigentlich Leo mein altes Handy holen, wenn ihn das so glücklich macht. Dann können wir in Ruhe weiterspielen«, schlug sie vor.

Als sie wieder aus dem Haus kam, sah sie die alte Frau Rosenbusch. Sie stand dicht am Zaun, auf einen Spaten gestützt, und starrte zu ihnen herüber.

»Hallo«, rief Zippa der Nachbarin zu, doch die Alte rührte sich nicht.

»Schau mal unauffällig da rüber«, flüsterte Zippa Max zu.

»Wohin?«

»Zum Zaun. Da steht so 'ne verrückte Alte. Die hat mich kürzlich mit Absicht nass gespritzt.«

»Da ist niemand«, sagte Max.

»Na, dort ist …« Zippa stockte.

Die alte Frau war weg.

»Was ist denn mit der?«, wollte Max wissen und Zippa erzählte ihm von ihren merkwürdigen Begegnungen.

»Vielleicht ist die nicht mehr ganz richtig im Kopf«, mutmaßte Max.

»Beim nächsten Mal tue ich auch einfach so, als würde ich sie nicht sehen«, sagte Zippa und widmete sich der nächsten Quizfrage.

Erst Mamas lauter Ruf riss Max und Zippa aus ihrem konzentrierten Duell.

»Ja, um Himmels willen. Was steckt Leo denn da in seinen Mund?«

»Das ist nur mein altes Handy«, erwiderte Zippa.

»Der kleine Racker würde am liebsten mitspielen«, fügte Max hinzu und kitzelte Leo unterm Kinn, sodass er fröhlich juchzte. Mama strahlte Max an.

Noch beim Abendessen schwärmte Mama davon, wie toll Max mit Leo umgehe und wie vernarrt Leo in ihn sei. Dabei war es doch Zippas Idee gewesen, Leo mit dem alten Handy glücklich zu machen!

13

»Stöckialarm!«

Wann immer Max konnte, kam er in den nächsten Wochen zu den Modottis. Mama erlaubte Zippa, sich alle nötigen Backgerätschaften in ihre kleine Küche zu räumen, und so backte sie für Max Schokomuffins und versuchte sich auch an einem neuen Apfeltaler-Rezept. Aber wie immer hatte sie das Gefühl, dass irgendeine wichtige Zutat fehlte, die diesen besonderen Apfelkuchen unverwechselbar machte.

Im Gegenzug half Max Zippa beim Unkrautzupfen im Garten. Im Haus gab es viele Ecken, die noch renoviert werden mussten, und auch der Garten war in einem sehr verwilderten Zustand.

Max war das nur recht, denn so hatte er auch einen guten Vorwand, um vor Sonja zu flüchten, die ständig mit ihm Karaoke singen oder gemeinsam »Germany's next Topmodel« anschauen wollte.

»Habt ihr eigentlich noch alte Sachen von dieser geheimen Halbschwester deiner Uroma im Haus entdeckt?«, fragte Max, als Zippa und er den Keller erkundeten.

»Leider nicht. Nur ein paar alte Möbel, aber die haben wir alle schon durchsucht.«

»Das ist wirklich verrückt. Ihr wisst quasi nichts über eure Verwandte.«

Zippa nickte. »Sogar Oma und Opa hatten keine Ahnung.«

»Am Ende war Anna eine Kriminelle und hat in diesem Keller Kinder gefangen gehalten.« Max hielt sich seine Taschenlampe unter das Kinn und verzog sein Gesicht zu einer Fratze.

»Du spinnst«, sagte Zippa lachend und wollte Max gerade von Urmilas Schatzsuche erzählen, doch da hörten sie einen lauten Schrei aus dem Garten.

»War das deine Mum?« Max sah Zippa fragend an und die Kinder liefen nach draußen.

»Verdammt, tut das weh«, stöhnte Mama, während sie auf einem Bein hüpfte und versuchte, Julius in den Kinderwagen zu setzen.

»Warte!« Zippa nahm ihr Julius ab.

»Dieser Garten ist lebensgefährlich«, schnaufte

Mama und hielt sich ihren linken Knöchel. »Knietiefe Löcher in der Wiese!«

Sie humpelte zur Hollywoodschaukel und ließ sich vorsichtig darauf nieder. Zippa setzte Julius in den Kinderwagen und schnallte ihn an. Max war in die Küche geeilt und kam mit einem Kühlpad zurück, das sich Zippas Mutter jetzt auf den Knöchel hielt.

»Ist was gebrochen?«, fragte Max besorgt.

Mama schüttelte den Kopf. »Das ist nur verstaucht. Kühlen ist prima.«

»Wo bist du denn in ein Loch getreten?«, wollte Zippa wissen.

»Da hinten am Zaun. Pass auf. Es ist tief.«

Max lief auf die Wiese und suchte den Boden ab. »Hier ist es«, rief er kurz darauf. Er befand sich direkt am Zaun, genau dort, wo vor ein paar Tagen die alte Nachbarin auf ihren Spaten gestützt gestanden hatte. Zippa rannte zu ihm, kniete nieder und griff in das Loch. Ihr Arm verschwand fast bis auf Schulterhöhe darin.

»Komisch«, wunderte sie sich. »Ich schwöre, dass ich hier schon mehr als einmal langgegangen bin. Das Loch ist mir nie aufgefallen. Das sieht aus, als ob jemand es erst kürzlich gegraben hat.«

Max sah Zippa verständnislos an. »Wer soll das denn gegraben haben?«

»Erinnerst du dich, als wir auf Leo aufpassen mussten? Da hat die alte Rosenbusch genau dort gestanden.« Zippa deutete auf die andere Seite des Zauns.

»Und hat mit einem Laser-Blick dieses Loch in den Garten gestarrt, oder was?« Max grinste.

»Quatsch. Die hatte einen Spaten in der Hand«, erwiderte Zippa ungeduldig.

Max sah Zippa zweifelnd an. »Willst du mich jetzt veralbern, oder glaubst du wirklich, dass die das war?«

»Das wäre eine Erklärung.«

»Das ist doch Unsinn.«

»Du hast die Alte nicht gesehen. Wie die einen anguckt …«

»Die ist wahrscheinlich einfach nur kurzsichtig«, fiel Max Zippa ins Wort.

Mittlerweile war Leo aufgewacht und brüllte. Zippa lief ins Haus, um nach ihm zu sehen, damit ihre Mutter ihren Fuß schonen konnte.

»Am Ende spukt es hier auch noch an klaren Vollmondnächten und ein Geist mit Wackelkopf geht um«, rief Max ihr hinterher.

Zippa streckte ihm über die Schulter die Zunge raus.

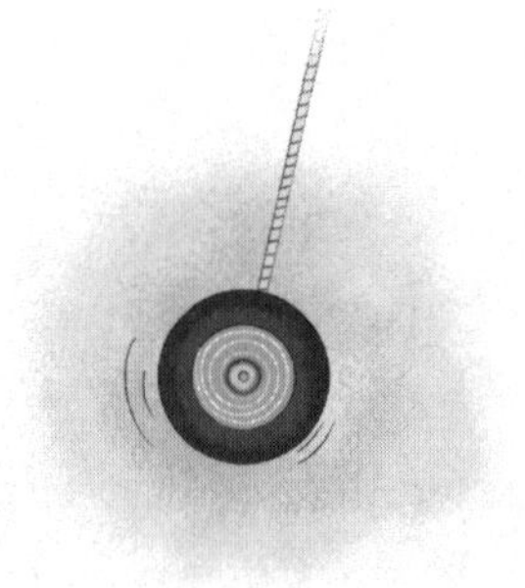

14

»Wow!«

Max riss staunend die Augen auf. »Das ist ja toll!« Bewundernd blickte er auf Sonja, die ein paar Meter weiter in gelben Ballerinas, kurzem Miniröckchen und einem Top, unter dem sie ganz augenscheinlich einen gepolsterten BH trug, einer Gruppe von Kindern zeigte, wie gut sie Jo-Jo spielen konnte.

»Hast du das gesehen, Zippa? Sonja bekommt den Spaghetti-Trick jetzt auch hin! Sie hat sich stundenlang dieses Video zum Spaghetti-Trick reingezogen und dann geübt«, fuhr er fort und Zippa ließ durch ihre Lippen Luft entweichen.

Sie wusste selbst nicht, warum es sie so wütend machte, dass Sonja nun, so wie sie, für ihre Jo-Jo-

Tricks bewundert wurde. »Spätestens wenn sie sich beim Jo-Jo-Spielen einen Nagel abbricht, wird sie es wieder bleiben lassen«, knurrte Zippa.

»Du bist ziemlich unsportlich«, meinte Max, und das brachte Zippa endgültig auf die Palme.

»Sich kichernd im Modeloutfit vor alle Leute hinzustellen und einen einzigen Trick vorzuführen, als ob er das Tollste überhaupt wäre! Was ist daran sportlich?«

»Boah, bist du heute anstrengend«, brummte Max und wandte sich ab. Zippa zuckte mit den Schultern. Es war sowieso bald Zeit, nach Hause zu gehen, und sie hatte keine Lust, noch weiter im Park abzuhängen.

»Ich fahre heim«, rief sie Max zu und rannte zur Haltestelle, doch die Straßenbahn fuhr direkt vor ihrer Nase weg. Außer Atem setzte sie sich auf die Wartebank und packte ihr Jo-Jo aus. Doch schon nach wenigen Würfen steckte sie das Ding wieder ein. Es war, als ob sich Sonja zwischen sie und ihr Jo-Jo gequetscht hatte, es machte ihr einfach keinen Spaß mehr.

»Kannst du aus dem Garten etwas Petersilie holen und dann nachschauen, ob die Zwillinge noch schlafen?«, bat Mama sie, als Zippa nach Hause kam.

Sie griff sich seufzend die Küchenschere, ging hinaus und näherte sich auf Zehenspitzen dem Doppelkinderwagen, der im Schatten auf der Terrasse stand.

Ein großes dunkelbraunes Augenpaar empfing sie, und Julius' Mund, aus dem ein weißer Zahn hervorblitzte, verzog sich zu einem Lächeln.

Zippa lächelte zurück und betrachtete ihren kleinen Bruder. *Wann haben sich Julius' blaue Babyaugen eigentlich braun gefärbt, so wie meine?*, fragte sie sich.

»Gleich hole ich dich da raus«, flüsterte sie ihm zu und erntete schnell die Petersilie. Als sie Julius anschließend aus dem Kinderwagen hob, sah sie aus dem Augenwinkel, dass die alte Frau wieder hinter dem Zaun stand und sie stumm beobachtete.

»Die glaubt wirklich, dass ich sie nicht sehe, wenn sie sich hinter den Busch stellt, die alte Hexe«, flüsterte Zippa Julius ins Ohr. Er antwortete mit einem »Dada« und grapschte nach der Schere.

Beim Abendessen erzählte Zippa Mama, wie die Rosenbusch herübergeglotzt hatte.

»Die alte Dame ist wahrscheinlich einfach nur ängstlich«, vermutete Mama.

»Na ja, die ist schon seltsam«, sagte Papa. »Ich wollte sie vor ein paar Tagen fragen, ob sie Anna Modotti kannte, da hat sie mir einfach die Tür vor der Nase zugeknallt.«

Zippa griff nach einem Löffel, um Leo zu füttern. Es war gar nicht so einfach, die beiden gleichzeitig satt zu kriegen. Je größer sie wurden, desto schneller aßen sie.

»Danke für deine Hilfe.« Mama strahlte Zippa an.

»Nichts zu danken. Die Sabberlinge sind ganz schön verfressen«, beeilte sich Zippa zu sagen. Mama sollte ruhig wissen, dass sie, nur weil sie einmal freiwillig beim Füttern half, damit noch lange nicht dem Zwillingsfanclub beigetreten war!

»Hast du nach dem Abendessen Lust auf einen kleinen Spaziergang zur Eisdiele?«, fragte Papa.

»Immer«, freute sich Zippa.

Enttäuscht stellte sie dann aber fest, dass Papa mit einem der Zwillinge auf dem Arm wartete und Mama den anderen Bruder anzog. *Klar, dass wieder alle mitkommen*, ärgerte sich Zippa.

Da stieß ihr Vater plötzlich einen entsetzten Schrei aus. »Um Haaresbreite hätte ich Leo auf eine tote Maus gesetzt!«

Er drückte Zippa den Kleinen in den Arm und beugte sich über den Kinderwagen. Zippa trat näher. Mitten auf dem Lammfell lag eine tote Maus. Der Anblick der starren schwarzen Knopfaugen ließ Zippa eine Gänsehaut über die nackten Arme laufen.

»Wie kommt die denn hier rein?«, wunderte sich Mama, während Papa die Maus entsorgte.

Zippa erinnerte sich an die alte Frau Rosenbusch,

die am Zaun gestanden war, als sie Julius aus dem Wagen geholt hatte. Ein schrecklicher Verdacht stieg in ihr auf.

»Vorhin stand die Rosenbusch direkt am Zaun und hat den Kinderwagen und mich angeglotzt wie Außerirdische«, sagte sie. »Ich würde der zutrauen, dass die eine tote Maus in den Wagen schmeißt.«

»Aber warum sollte sie denn so etwas tun?« Zippas Vater schüttelte zweifelnd den Kopf.

»Zippa, du hast einfach noch nie alte Leute kennengelernt, die etwas verwirrt sind. Mila war trotz ihres hohen Alters bis zum Schluss ganz klar im Kopf. Das sind viele andere alte Menschen nicht«, sagte Mama.

»Das wird eine der Katzen gewesen sein, die hier herumstreunen«, vermutete Papa. »Wir sollten sie in Zukunft gleich vertreiben, damit sie sich das nicht angewöhnen.«

Zippa wusste, dass Katzen stolz auf ihre Beute waren und sie ihren Besitzern als Geschenk brachten. Warum sollte also eine Katze wildfremden Leuten, die ihr noch nicht einmal Fressen anboten, eine Maus schenken?

Sie nahm sich vor, die Alte in Zukunft genauestens zu beobachten.

15

»Ich habe alleine keine Angst.«

»Und du bist sicher, dass du nicht bei Oma und Opa übernachten willst? Möchtest du wirklich einen Abend ganz alleine bleiben?«, fragte Mama, während sie sich die Hände mit Creme einrieb.

»Mama, ich habe keine Lust, bei Oma und Opa mit den Sabberlingen in einem Zimmer zu schlafen. Und Max muss bei seiner Cousine bleiben.«

»Und wenn er einfach seine Cousine mitbringt?«

»Mama, ich bin doch kein Baby mehr«, antwortete Zippa genervt. Sonja bei sich übernachten zu lassen, das wollte sie auf keinen Fall! »Geht ihr nur zu eurer Geburtstagsfeier. Ich komme gut einen Abend allein zurecht!«

»Es kann aber nach Mitternacht werden«, sagte Papa und sah Zippa mit besorgter Miene an.

»Paps, ich werde in fünf Tagen zwölf Jahre alt«, entgegnete Zippa augenrollend.

»Nun gut. Wir haben ja auch das Handy dabei. Du rufst an, wenn was ist.«

»Jetzt haut schon endlich ab«, sagte Zippa lachend.

Als die Tür hinter ihren Eltern zugefallen war, verharrte sie erst einmal ein paar Minuten unten im Wohnzimmer und lauschte ins Haus hinein. Der Parfümduft ihrer Mutter stand noch immer im Raum.

So ruhig muss das immer gewesen sein, als Anna Modotti hier gelebt hat, dachte Zippa.

Von einem Nachbarn hatten sie erfahren, dass Anna eine alleinstehende Frau gewesen war. Papa hatte sämtliche Nachbarn nach Anna Modotti befragt, aber leider hatte er nicht mehr über Anna herausfinden können.

Was hat sie wohl ganz alleine in so einem großen Haus gemacht?, fragte sich Zippa. Sie beschloss, die alten Möbel im Keller noch einmal gründlich zu durchsuchen.

Sie öffnete alle Schranktüren und Schubladen und suchte auch nach Geheimfächern. Besonders lange mühte sie sich an einer Kommode ab, deren fünf Schubfächer klemmten. Zippa konnte sie nur mit größter Anstrengung wenige Zentimeter öffnen. Als sie mit der Taschenlampe in das unterste Fach leuchtete, blitzte ihr etwas Weißes entgegen. Es konnte Papier sein oder eine Tischdecke. Sie versuchte mit aller Kraft, das Schubfach weiter aufzuziehen, schaffte es aber nicht.

Draußen war es schon dunkel, als Zippa endlich aufgab und den feuchtkalten Keller verließ. Sie machte sich einen heißen Tee und wärmte den Rest vom Mittagessen auf. Dann ging sie ins Wohnzimmer, um es sich auf dem Sofa bequem zu machen und ein paar Videos anzuschauen. Als sie den dunklen Raum betrat, fiel ihr Blick auf das Fenster.

Gegenüber, im Haus der alten Rosenbusch, brannte Licht. Ihr Herz blieb fast stehen, als die Nachbarin genau in diesem Moment ebenfalls an ihr Fenster trat und Zippa mit ihrem durchdringenden Blick böse anstarrte. Zippa ging reflexartig in die Knie, griff nach dem Vorhang und zog ihn zu. Durch einen Spalt warf sie noch einmal einen Blick nach drüben. Die Rosenbusch stand noch immer am Fenster und sah herüber.

Zippa fielen in regelmäßigen Abständen die Augen zu, aber erst kurz vor Mitternacht konnte sie sich aufraffen, die kuschelige Decke abzustreifen und den Fernseher auszuschalten. Im Haus der Rosenbusch brannte nun kein Licht mehr, stellte sie mit einem kurzen Blick nach drüben erleichtert fest.

Sie putzte sich die Zähne im kleinen Bad und warf einen Blick auf ihr Spiegelbild. Die blonden Locken, die sie normalerweise zu einem Pferdeschwanz bändigte, standen ihr in alle Richtungen vom Kopf ab. Probeweise verstrubbelte Zippa ihre Haare zu einer richtigen Mähne.

»Yeah, yeah«, alberte sie vor dem Spiegel herum und nahm die Zahnpastatube wie ein Mikrofon in die Hand. Sie bekam Lust, das Kleid, das ihr Mila vererbt hatte, anzuprobieren, und kramte es aus dem Schrank hervor. Sie zog es einfach über ihren kurzen Schlafanzug und griff gerade nach der Kiste, in der sie die goldene Taschenuhr aufbewahrte, als sie ein metallisches Schaben hörte. Kamen ihre Eltern etwa schon heim? Aber dann hätte sie doch das Auto gehört!

Ihr Herz hämmerte in der Brust, als sie auf Zehenspitzen zur Badezimmertür schlich, sie öffnete und dann in den Flur hinaus lauschte.

Schritte! Ganz deutlich vernahm sie schlurfende Schritte! Da war jemand im Erdgeschoss!

Zippa blieb wie erstarrt im Türrahmen stehen und hielt die Luft an. Sie spürte ihr Herz so laut klopfen, dass sie befürchtete, der Einbrecher könnte es hören. Dann ertönte ein Quietschen. Das war die Tür zum Arbeitszimmer, wusste Zippa.

Mit zitternden Händen griff sie nach ihrem Smartphone. Sie schlich durch den Gang, öffnete behutsam die Tür zu ihrem Zimmer und schloss hinter sich ab. Dann huschte sie zum Turmaufgang und schlich auf Zehenspitzen die Treppe hinauf. Als sie auf die Schwelle trat, knarrte diese laut. Zippa zuckte so sehr zusammen, dass ihr fast das Smartphone heruntergefallen wäre.

16

»Bitte, bitte, seid da!«

Zippa presste eine Faust gegen ihre Lippen. Sie streckte den Kopf aus dem Turmfenster und versuchte, einen Blick auf die Hofeinfahrt zu erhaschen. Der Parkplatz in der Einfahrt, auf dem der grüne Kombi ihrer Eltern normalerweise parkte, war leer.

Zippa schossen Tränen in die Augen. Verzweifelt wählte sie die Nummer ihrer Mutter und wartete auf das Tuten, doch das Handy blieb stumm. Sie hatte keinen Empfang!

Die Angst schnürte ihr die Kehle zu.

Wer war dort unten? Und wer sollte sie hören, wenn sie jetzt um Hilfe rief? Die alte Rosenbusch?

»Am Ende ist DIE das da unten«, flüsterte Zippa

und der Gedanke jagte ihr eine Gänsehaut über den Rücken.

Ein Blick auf ihr Smartphone verriet ihr, dass es schon nach ein Uhr nachts war. Zippa ging wieder zum Fenster. *Sie müssen doch jeden Augenblick kommen!*, sagte sie sich. Doch was, wenn Mama und Papa den Einbrechern in die Arme liefen?

Mit zitternden Fingern tippte sie eine Nachricht an Papa. Ob die wenigstens rausging? Zippa blickte die Straße hinunter. Und da sah sie Frau Rosenbusch, wie sie in ihrem schwarzen langen Mantel und in Pantoffeln langsam vom Grundstück der Modottis auf die Straße schlurfte! Sie öffnete das Gartentürchen, bückte sich nach etwas und verschwand dann hinter der Hecke.

»Die alte Rosenbusch war im Haus!«

Zippa standen die Tränen in den Augen. Mama nahm Zippa in den Arm und Papa strich ihr über den Kopf.

»Also, ich sehe hier an der Haustür keine Einbruchspuren«, sagte er beruhigend. »Solche alten Häuser wie dieses haben ein Eigenleben. Das Holz arbeitet, die Leitungen verlaufen teilweise an ungewohnten Stellen. Da hören sich normale Geräusche merkwürdig an.«

»Aber ich habe ganz deutlich schlurfende Schritte gehört. Und das Quietschen von der Tür zum Arbeitszimmer! Und dann habe ich gesehen, wie sie von unserem Grundstück kam.«

Zippa bewegte die Tür, sodass das typische Quietschen ertönte.

»Mäuschen, wir hätten dich vielleicht doch nicht so lange alleine lassen sollen.« Zippas Mutter schaute schuldbewusst. »Was hast du vorher für Filme angesehen? Horrorfilme vielleicht?«

»Da war jemand im Haus! Und ich bin mir sicher, dass es die Rosenbusch war!« Zippa schrie nun so laut, dass Papas Kontrabass, der in einer Ecke des großen Wohnzimmers verstaubte, nachhallte.

»Wir suchen morgen noch einmal alles ab«, versprach ihr Vater. Zippa war eiskalt, ihr Kopf dröhnte und sie wollte nur noch in ihr warmes Bett. Jetzt, wo Papa und Mama da waren, kam ihr selbst für einen Moment ihr Erlebnis ein bisschen unwirklich vor.

Trotzdem war sie sich sicher: Die Schritte, das Quietschen der Tür und vor allen Dingen die alte Rosenbusch auf der Straße, das hatte sie sich nicht eingebildet. Die Alte war im Haus gewesen!

17

»In eurem Haus waren Einbrecher?«

»Eine Einbrecherin«, berichtigte Zippa Max.

»Und deine Eltern glauben dir nicht?«

»Die haben noch nicht einmal die Polizei informiert. Nur mal schnell alles angeschaut und dann beschlossen, dass ich mir das eingebildet habe. Auch, nachdem ich ihnen das mit der Rosenbusch erzählt habe.«

Max sah Zippa erstaunt an.

»Papa sagt, ich soll Krimi-Drehbücher schreiben, und Mama ist der Meinung, ich bilde mir diese Sachen ein, weil mich die Trauer um Urmila so zerfrisst!«

»Mist!«, brummte Max und legte Zippa einen Arm

um die Schulter. »Ich kenne da jemanden, bei dem auch schon einmal eingebrochen worden ist«, sagte er bedächtig.

Neugierig sah Zippa Max an. »Ja, und? Wer ist es?«

»Sonja«, antwortete Max. »Letztes Jahr ist es passiert. Mitten in der Nacht. Die Einbrecher sind durch die gekippte Terrassentür rein und haben so einiges mitgehen lassen. Und sie hätten vielleicht auch noch die anderen Zimmer durchwühlt, wenn Sonja nicht aufgewacht wäre.«

»Ja, und dann?«

»Sonja ist leise zu ihren Eltern ins Schlafzimmer geschlichen und hat ihren Vater geweckt. Der hat dann die Polizei gerufen.«

»Krass! Haben sie die Einbrecher geschnappt?«

»Ja, zum Glück. Aber erst drei Wochen später.«

»Und was hatten die so geklaut?«

»Sonjas Tablet, eine alte Uhrensammlung und den Schmuck ihrer Mutter.«

»Wow«, meinte Zippa und erschauderte.

»Ich finde, wir sollten Sonja von dem Einbruch bei dir erzählen«, sagte Max. »Vielleicht glauben dir deine Eltern, wenn ihr zu zweit mit ihnen redet.«

»Wenn du meinst …« Zippa war nicht ganz überzeugt.

Sonja freute sich augenscheinlich darüber, dass Zippa ihren Rat brauchte, und als sie dann den Grund erfuhr, wandte sie sich ihr voller Mitgefühl zu.

»Was genau hast du gehört?«, wollte sie wissen.

»Zuerst hat es sich angehört, als ob meine Eltern kommen. So ein metallisches Schaben. Dann war aber wieder alles ruhig. Und dann habe ich Schritte gehört. Also, es war ein Schlurfen. Und die Tür zum Arbeitszimmer hat gequietscht.«

Sonja hörte aufmerksam zu.

»Und deine Eltern haben alle Türen nach Spuren abgesucht?«

»Ja.«

»Und es fehlt wirklich nichts im Haus?«

»Das ist ja das Verrückte. Gar nichts. Ich bin hundertprozentig sicher, dass unsere verrückte alte Nachbarin im Haus war. Sie kam direkt von unserem Grundstück. Das habe ich vom Turm aus gesehen«, erzählte Zippa aufgeregt. »Die hat es auf uns abgesehen! Erst das Loch, dann die tote Maus und jetzt der Einbruch. Wahrscheinlich hasst die alle Modottis.«

Max und Sonja sahen Zippa zweifelnd an.

»Wie die schon aussieht, die alte Hexe! Ich möchte nicht wissen, was die noch alles im Schilde führt.«

»Nur weil die komisch aussieht? Wie soll sie denn reingekommen sein?«, hakte Sonja nach.

»Keine Ahnung, wie die reingekommen ist. Aber

die ist einfach böse. Max, es gibt doch Menschen, die einfach böse sind«, wandte sich Zippa Hilfe suchend an Max.

Anstelle von Max antwortete Sonja: »Das klingt alles ziemlich hysterisch.«

»Hysterisch?«, fuhr Zippa sie an. »Nimm das zurück!«

Max schüttelte den Kopf. »Hysterisch ist das falsche Wort. Aber vielleicht steigerst du dich da wirklich in etwas rein.«

Zippa sprang auf. »Ihr seid genauso bescheuert wie meine Eltern. Nur bei denen kann ich es noch irgendwie verstehen. Die haben mit den Sabberlingen so viel um die Ohren, dass sie keinen klaren Kopf mehr haben.«

»Ehrlich, Zippa, ich finde, du benimmst dich superkindisch. Nennst deine Brüder Sabberlinge, beschwerst dich andauernd über deine Eltern, und jetzt hältst du eure alte Nachbarin auch noch für kriminell, nur weil sie komisch aussieht. Dabei siehst du auch manchmal komisch aus.« Sonja verschränkte ihre Hände vor der Brust.

Zippa erstarrte und sah Sonja an. Wie sie dastand, Kaugummi kauend, die Hände lässig in den Hosentaschen ihrer türkisfarbenen Hotpants gesteckt, brachte Zippa auf die Palme!

»Max, kannst du Stöcki bitte mal sagen, dass sie

mein Aussehen gar nichts angeht«, forderte sie Max auf, der sich hilflos hinter den Ohren kratzte.

»Ich, äh …«, stotterte er und sah beschämt zu Boden. »Also, ich glaube, Sonja hat das nicht so gemeint. Ich meine, gib doch mal zu, in letzter Zeit bist du manchmal eine kleine Meckertante. An allem hast du etwas auszusetzen.«

»So?«, zischte Zippa und spürte, wie ihre Wangen heiß wurden. »Du gibst Stöcki also recht?«

»Also, das habe ich nicht gesagt«, druckste Max herum und erntete dafür einen giftigen Blick seiner Cousine.

»Ich habe ja schon länger gewusst, dass du mich Stöcki nennst«, fuhr Sonja nun Zippa an. »Aber ehrlich gesagt finde ich den albernen Namen Zippa auch nicht besser. Klingt wie Zicke. Vielleicht liegt das ja in eurer Familie. Immerhin hat deine Uroma auch schon gesponnen. Wo gibt es denn so was, dass man eine Halbschwester totschweigt. Verwandtschaft ist doch etwas Schönes!«

»Oh ja«, lachte Zippa hämisch. »Weißt du eigentlich, wie genervt Max war, als er erfahren hat, dass seine doofe Cousine bei ihm einzieht?« Zippa verschränkte die Arme vor der Brust und sah Sonja triumphierend an.

»Stimmt das?« Mit Tränen in den Augen starrte Sonja Max an, der hilflos mit den Schultern zuckte.

»Also, anfangs, da konnte ich es mir nicht so gut vorstellen mit dir. Aber jetzt …«

Sonja drehte sich um und lief mit wutverzerrtem Gesicht davon.

»Danke auch!«, brüllte Max mit hochrotem Kopf Zippa an und lief seiner Cousine hinterher.

18

»So ein Verräter!«

Dass sie sich jemals mit Max verkrachen könnte, hatte Zippa nie für möglich gehalten. Und wenn ihr dann auch noch jemand prophezeit hätte, sie und Max würden sich wegen Sonja entzweien, dann hätte Zippa nur müde gelächelt. Aber nun war das Unfassbare geschehen. Max hielt tatsächlich zu seiner Cousine und redete kein einziges Wort mehr mit Zippa.

Warum hat sich alle Welt gegen mich verschworen?, fragte Zippa sich und spürte einen dicken Kloß im Hals.

Sie konnte sich gar nicht mehr auf ihren Geburtstag freuen. Zum ersten Mal seit acht Jahren würde sie ohne ihren besten Freund feiern.

»So ein Verräter«, murmelte Zippa und schnappte sich ihre Gästeliste. Darauf standen insgesamt fünf Namen, zuoberst natürlich Max. Mit einem dicken schwarzen Stift strich sie ihn aus. Dann fiel ihr ein, dass er natürlich schon eine Einladung bekommen hatte, und so tippte sie ihm eine Nachricht.

Hi Max, falls du schon ein Geschenk gekauft hast, tausch es um oder schenke es Stöcki. Z. M.

Wütend nahm Zippa ihr Jo-Jo und ging zum Üben auf die Terrasse. Wenn Max und Sonja schon nicht mehr mit ihr sprachen, so wollte sie wenigstens im Jo-Jo-Spielen besser sein als die! Denen würde sie es zeigen!

Aber beim Man-on-the-Flying-Trapeze-Trick stürzte ihr Jo-Jo immer noch regelmäßig ab. Konzentriert übte Zippa weiter und vergaß alles um sich herum. Deshalb erschrak sie umso mehr, als plötzlich eine heisere Stimme hinter ihr ertönte.

»So etwas gab es auch schon in meiner Kindheit.«

Zippa drehte sich um und erstarrte. Sie sah direkt in die grauen Augen von Frau Rosenbusch. Heute hatte sie eine Kittelschürze an, aus deren Brusttasche die Griffe einer rostigen Schere lugten. Das weiße Haar hing ihr strähnig ins Gesicht.

»Haben Sie auch Tricks damit gemacht?«, fragte Zippa tonlos.

»Ich hatte keine Zeit für Spielereien.«

»War da noch Krieg?« Zippa sah ihre Nachbarin neugierig an. Urmila hatte manchmal vom Krieg erzählt.

Die Augen der Alten flackerten. Dann sagte sie: »Komm mal mit«, und schritt zu ihrem Gartentor.

Zippa zögerte. »Ich darf nicht zu Ihnen hinein«, rief sie der Alten zu, die in der Haustür stand und sich zu ihr umdrehte.

»Hahaha«, machte die Rosenbusch heiser und dabei wackelte ihr Kopf auf dem dünnen Hals hin und her. Dann verschwand sie hinter der grauen Tür und ließ diese angelehnt.

Unschlüssig blieb Zippa stehen. Sollte sie ihr nachgehen? Sie rupfte ein dickes Löwenzahnköpfchen aus dem Vorgarten ab, als sich die Tür wieder öffnete. Frau Rosenbusch trat heraus und hielt Zippa einen geblümten Teller entgegen, auf dem drei walnussgroße Pralinen lagen.

»Wie heißt du?«

»Zippa.«

»Tippa? Was ist denn das für ein Name?«

»Zippa mit Zett, wie bei Zimmer«, berichtigte Zippa sie etwas lauter.

»Zitta«, wiederholte die Alte und verzog ihren schrumpeligen Mund. »Und der Nachname?«

»Modotti«, sagte Zippa nun noch lauter.

»Tztztz.« Verständnislos schüttelte sie den Kopf

und murmelte. »Modotti. Wie die Anna. Das kann ja gar nicht stimmen.«

»Wie bitte?«, fragte nun Zippa nach, doch die Alte streckte ihr den Teller entgegen. »Nimm dir eine«, sagte sie.

Zippa sah sich die runden braunen Kugeln an.

»Nein danke«, wehrte sie ab.

»Nimm!«, befahl die Alte und schob den Teller direkt unter Zippas Nase. Die Kugeln rochen nach Kakao. Langsam ergriff Zippa eines der Bällchen.

»Los, iss«, kam das nächste Kommando und Zippa gehorchte.

Der Kakao, mit dem die Praline pulvrig überzogen war, entfaltete auf ihrer Zunge sein bitteres Aroma. Sie schmeckte Schärfe und irgendetwas Undefinierbares. Die Praline war bröselig wie Knäckebrot. Zippa hörte sofort auf zu kauen und ließ die Masse in ihrem Mundraum ruhen.

Frau Rosenbusch sah sie erwartungsvoll an. »So etwas hast du noch nie gegessen, nicht wahr? Das ist der Beweis, dass ich die rechtmäßige Erbin von Anna Modottis Vermächtnis bin. Es ist eine Schande, dass so ein paar krumme Verwandte wie ihr das kriegen sollt. Habt euch niemals bei Anna blicken lassen, euch nie um sie gekümmert. Das ist Betrug!«

Zippa, in deren Mund sich der scharfe Geschmack der Praline immer mehr ausbreitete, verschluckte sich und hustete vor Schreck die angebissene Kugel auf ihre flache Hand.

»Erbschleicherin!«, beschimpfte die Alte sie. »Die Teufelsküsse sollen dir im Hals stecken bleiben!«

Zippa rannte zurück zu ihrem Haus. Dort pfefferte sie den nassen Schokobrocken in die Mülltonne und lief ins Bad, um sich die Hände zu waschen.

»Völlig bekloppt, die Alte«, schimpfte sie, spülte sich mit Wasser den Mund aus und drückte sich anschließend noch einen Klacks Zahnpasta auf die Zunge, um den grässlichen Geschmack loszuwerden.

Ihre Mutter hatte heute Besuch von anderen Müttern mit ihren Kleinkindern. »Ach, da ist ja die große Schwester!«

»In deine süßen Brüder bist du sicher sehr vernarrt!«

»Die Rosenbusch ist völlig gaga!«, rief Zippa anstatt einer Antwort.

Überrascht sah Mama sie an.

»Die hat mich abgefangen, mir eine vergammelte Praline aufgedrängt und was von Teufelsküssen gefaselt!«

»Um Himmels willen«, mischte sich eine der Mütter ein.

Zippas Mutter winkte ab. »Zippa übertreibt gerne ein bisschen.«

»So? Du hast dir ja noch gar nicht richtig angehört, was passiert ist«, fuhr Zippa ihre Mutter an und die anderen Gäste wurden still. Nur die Babys krähten munter weiter, und Julius, der bei Mama auf dem Schoß saß, strahlte Zippa an und sagte »Dida!«.

»Können wir das später klären?«, bat Mama sie mit diesem Spinn-bitte-jetzt-nicht-rum-Blick.

Zippa schoss heiße Wut in den Bauch. Warum glaubte ihr keiner?! Schnaubend stapfte sie davon und hätte sich am liebsten die Ohren zugehalten, um die doofen Bemerkungen der Mütter nicht anhören zu müssen.

»Herrje, deine Große ist in einem schwierigen Alter, was?«

»Ist sie schon in der Pubertät?«

»Vielleicht hat sie Liebeskummer.«

19

»Na, wie geht es meiner Lieblingszippa?«

Zippa schlug die Augen auf und Papa setzte sich zu ihr aufs Bett. Sein Rasierwasserduft, den sie eigentlich liebte, kroch ihr in die Nase und verursachte leichte Übelkeit.

»Zum Kotzen«, murmelte sie und versuchte ein schiefes Grinsen.

Papa strich ihr über den Kopf und lächelte sie an.

»Papa, ich glaube, die alte Rosenbusch hat mich vergiftet«, schniefte Zippa. »Sie hat mir eine Praline gegeben und seitdem ist mir wahnsinnig schlecht!«

Papa wiegte den Kopf hin und her. »Du hast eindeutig einen Infekt. Das ist zum Glück keine Vergiftung. Aber dass Frau Rosenbusch etwas gegen uns hat, das glaube ich auch. Eine Nachbarin hat mir erzählt, dass sie zu ihr gesagt habe, wir seien treulose Verwandte, die erst aufgekreuzt sind, als es ans Erben ging.«

Mit einem Ruck setzte sich Zippa im Bett auf. Da fiel ihr das Schubfach der Kommode ein, das sie nicht aufbekommen hatte.

»Papa«, sagte sie aufgeregt, »im Keller bei den alten Möbeln steht eine Kommode. Da ist was in der untersten Schublade. Ich habe sie aber nicht weiter als einen Spalt aufbekommen.«

»Dann werde ich da mal nachschauen«, antwortete Papa und strich ihr liebevoll eine blonde Locke hinters Ohr.

Kurze Zeit später kam er wieder und hielt etwas in der Hand. »Es war tatsächlich etwas drin. Ein alter Fotokalender mit Tortenrezepten und eine uralte Rechnung für die Holzbank, die in deinem Türmchen steht.«

Er legte den Kalender und die Rechnung auf Zippas Bett. »Ich kann es mir leider nicht mit dir zusammen anschauen – ich muss noch mal in den Keller. Da stimmt irgendwas nicht.«

Erstaunt sah Zippa ihm hinterher. Hatte er vielleicht noch etwas entdeckt? Nachdenklich wandte sie sich dem Kalender zu.

Für jeden Monat gab es ein zur Jahreszeit passendes Rezept. Im Juli eine Erdbeertorte und im September Pflaumenstrudel. Der Preis des Kalenders war noch in D-Mark ausgezeichnet und die Fotos sahen irgendwie altmodisch aus. Überrascht las sie: »Fotos und Rezepte von Anna Modotti.«

20

»Da wird mir schlecht!«

Allein beim Anblick der dick mit Himbeermarmelade bestrichenen Brote und der kleinen Schale mit Gartenerdbeeren auf dem Tablett krampfte sich Zippas Magen zusammen.

»Hoffentlich bin ich morgen zu meinem Geburtstag wieder gesund«, sagte Zippa, doch das Blubbern in ihrem Bauch und die Schwindelattacken hielten an.

Auch wenn es Zippa am Geburtstagsmorgen schon viel besser ging, bestand ihre Mutter darauf, dass sie sich noch schonte. Als sie die Party absagte, störte das Zippa nicht einmal. Eine Feier ohne Max zu veranstalten, wäre ohnehin zu deprimierend gewesen.

Nach dem ausgiebigen Geburtstagsfrühstück mit ihrer Familie – Papa hatte sich dafür extra freigenommen – packte sie ihre Geschenke aus.

»Die Rührschüssel ist sogar in meiner Lieblingsfarbe!«, rief sie und begutachtete glücklich alle Teile des großen Handrührer-Sets.

Papa strahlte sie an. »Wann bäckst du uns denn wieder einmal eine Überraschungskreation? Dein Kinderwagenkuchen, den du bei Mila gebacken hast, als die Zwillinge geboren wurden, war jedenfalls ein echtes Meisterstück!«

»Lasst euch überraschen«, sagte Zippa. »Vielleicht probiere ich es ja heute schon aus!«

Eilig packte sie alles zusammen, um es nach oben in ihre Turmküche zu bringen, als es an der Tür klingelte.

»Max?«, dachte sie und ihr Herz machte einen Sprung. Sie lief zur Haustür und öffnete.

»Zippa«, freute sich Frau Zettel und überreichte ihr eine kleine Geburtstagstorte und ein Geschenkpäckchen. »Herzlichen Glückwunsch zu deinem zwölften Geburtstag!«

»Danke.« Zippa lächelte. »Willst du kurz reinkommen?«

»Was ist denn eigentlich los zwischen Max und dir?«, wollte Max' Mama wissen, während sie mit in die Küche kam. »Aus dem Jungen ist nichts herauszubekommen und seine Cousine ist sowieso völlig durch den Wind.«

»Wie – durch den Wind?«, fragte Zippa nach.

»Ach, das ist eine traurige Geschichte. Sonjas Mutter liegt in einer Nervenklinik, weil ihr Mann eine andere hat. Und seine Geliebte ist auch noch von ihm schwanger.« Frau Zettel setzte sich auf einen freien Stuhl am Frühstückstisch und lächelte in die Runde.

»Das tut mir leid«, sagte Zippas Mutter mitfühlend. »Für Kinder ist das immer dramatisch.«

»Aber Sonjas Mutter hat sich doch ein Bein gebrochen«, wandte Zippa ein.

»Ja, das haben wir erst einmal so gesagt. Aber in Wirklichkeit leidet sie an gebrochenem Herzen.«

»Oh!« Zippa wusste nichts zu erwidern.

Frau Zettel sah Zippa an. »Vertrag dich doch bitte wieder mit Max. Wir vermissen dich alle. Du gehörst doch praktisch zur Familie«

Zippa spürte einen Stich im Herzen. Sie vermisste die Zettels ja auch!

In ihrem Zimmer packte sie das Geschenk aus. Es war ein Jo-Jo, das sie einmal bei Max ausprobiert hatte. Zippa schluckte, denn es war ziemlich teuer. Als sie die Schachtel öffnete, in der das Jo-Jo steckte, fiel ein kleiner gefalteter Zettel heraus.

Zettelpost von einem Zettel stand darauf und Zippa musste grinsen.

Hi Zippa, auch wenn du mich bzw. diesen Zettel in die Ecke pfefferst, wünsche ich dir alles Gute zum Geburtstag. Ich vermisse dich. Könnten wir wenigstens mal texten? Max

Zippas Herz hüpfte vor Freude und sie schnappte sich ihr Smartphone.

Danke, du Zettel. Das Jo-Jo ist super!

Supi, dass es dir gefällt!

Und Sonja? Deine Mum hat erzählt, was passiert ist.

Die weint den ganzen Tag. Ist kaum auszuhalten.
Niemand weiß, wie man sie beruhigen kann.

Richtig schlimm?

Noch viel schlimmer als schlimm!!!
Aber ich tu mir auch leid.

Meinst du, du kannst morgen mal kommen?

Vielleicht.

Zippa zögerte und schrieb dann:

Du kannst auch Sonja mitbringen.
Vielleicht kann eine Schatzsuche sie ablenken.

Schatzsuche?

Urmila hat mir noch eine letzte Schatzsuche zum Geburtstag geschenkt.

Max schickte einen hochgereckten Daumen und Zippa legte nachdenklich ihr Smartphone weg.

Den restlichen Geburtstagsvormittag verbrachte Zippa in ihrer Küche. Sie schlug Eischnee auf, rührte Eigelb und Zucker schaumig, rieb Äpfel und streute ein bisschen Zimt und dann noch eine winzige Prise Kardamom darüber. In einem Apfelkuchen-Rezept, das sie in dem alten Kalender gefunden hatte, war jedenfalls Kardamom als Zutat aufgelistet gewesen. Vielleicht war das das Geheimnis des besten Apfelkuchens der Welt?

Als Zippa den fertigen Apfeltaler zu ihrer Mutter brachte, stieß sie fast mit einem Handwerker zusammen, der mit Papa aus dem Keller kam.

Zippa schnappte nur die Worte »Wasserleitung« und »alter Kasten« auf, aber als sie Papa später fragte, was denn los sei, schüttelte der nur den Kopf, griff sich ein Stück Apfeltaler und nuschelte dann mit vollem Mund: »Vorzüglich! Einfach vorzüglich!«

21

»Wird das teuer?«

Als Zippa am nächsten Morgen nach unten kam, hörte sie ihre Eltern aufgeregt diskutieren.

»Also, der Handwerker hat gestern gesagt, jeden Tag könnte es wieder passieren, und dann wären viel größere Schäden zu beklagen als nur der feuchte Keller.«

Zippa trat ins Wohnzimmer. Ihre Eltern saßen auf der großen Krabbeldecke neben den Zwillingen am Boden und unterhielten sich.

»Was ist passiert?«, wollte Zippa wissen und setzte sich dazu.

»Ja, wir haben einen kleinen Wasserschaden im Keller«, sagte Papa.

»Weil die Leitungen so alt sind«, fügte Mama hinzu und Julius sagte »Biba«.

»Ist das schlimm?«, hakte Zippa nach.

»Na ja«, sagte Papa, während er Leo wieder den Schnuller in den Mund schob. »Wir haben nicht so viel Geld, dass wir im Haus die ganzen Wasserleitungen neu machen können.«

»Aber wir bleiben doch in der Villa Modotti wohnen, oder?« Zippa sah ihre Eltern entsetzt an.

»Das ist fraglich, ehrlich gesagt …«, hob Papa an.

»Jemand da?« Das war unverkennbar Max' Stimme!

Zippa lief zur Terrassentür und öffnete. Bei Sonjas Anblick stockte sie. Max' Cousine steckte in einer Jogginghose, über der ein schlabbriges T-Shirt hing. Ihr Gesicht war blass, ihre Haare, die sie notdürftig unter ein Käppi gesteckt hatte, waren fettig und ihre Augen sahen rot und verweint aus.

»Kommt rein«, winkte Zippa den beiden zu und Max schob seine Cousine durch die Tür. Zippa holte aus der Küche drei frische Gläser, klemmte sich eine Flasche Mineralwasser unter den Arm und nahm in die freie Hand zwei große Tafeln Schokolade.

»Max und Sonja sind da, wir gehen nach oben«, rief sie Richtung Esszimmer. Die Antwort ging im Gebrabbel der Zwillinge unter.

Sonja setzte sich auf Zippas Sofa und starrte Löcher in die Luft. Max zog Zippa hinter die Tür. »Seit wir die Wahrheit über ihren Papa erfahren haben, ist Sonja ziemlich down«, flüsterte er. »Ich würde sie ja gern aufheitern, aber ich weiß nicht, wie.«

»Meinst du, sie könnte Urmilas letzte Schatzsuche mitmachen?«, flüsterte Zippa zurück und sah Max zweifelnd an.

»*Letzte Schatzsuche* klingt irgendwie traurig«, sagte Max und Zippa nickte. Eigentlich konnte sie sich jetzt nicht mehr vorstellen, mit Sonja in Urmilas Fotoalbum zu blättern und nach Rätseln zu suchen.

»Jo-Jo-Spielen vielleicht?«, schlug sie vor.

Max schüttelte den Kopf. »Will sie nicht. Ich habe sogar schon angeboten, dass sie mich schminken darf, aber nicht mal das hat sie interessiert. Können wir vielleicht deine Brüder holen? Sonja ist verrückt nach Babys und hat auch schon oft babygesittet.«

»Die Sabberlinge?« Zippa blickte ihn verwundert an.

Max nickte.

»Also, ich weiß nicht«, murmelte sie zögernd. Doch als Max sie flehend ansah, gab sie sich einen Ruck und lief hinunter. Leo spielte friedlich mit einem überdimensionierten Plastikhandy und Julius kaute an seinen Füßen. Als er Zippa sah, lachte er gurgelnd.

»Mama«, wandte sie sich ihrer Mutter zu, die ihr

Gesicht mit geschlossenen Augen der Sonne zuwandte und nur mit einem »Hm« antwortete.

»Max, Sonja und ich würden gern Leo und Julius mit nach oben nehmen.«

Mama öffnete die Augen und blinzelte überrascht. »In DEIN Zimmer? Hat Papa das gesagt?«

»Nein«, antwortete Zippa. »Ich räume alles weg, was ihnen gefährlich werden könnte, versprochen.«

»Ihr wollt mit ihnen spielen?« Mama sah sie weiterhin ungläubig an.

»Ja, ein bisschen. Sonja liebt kleine Kinder. Sie arbeitet als Babysitterin.«

»Also gut«, antwortete Mama langsam und Zippa schnappte sich Leo.

»Beide auf einmal sind doch viel zu schwer«, protestierte Mama und nahm Julius.

»Ich schaffe das!«, entgegnete Zippa, aber ihre Mutter marschierte mit Julius schon die Treppe hinauf.

Hoffentlich merkt sie nicht, wie schräg Sonja drauf ist, dachte Zippa und lief mit Leo hinterher.

»Meine Cousine ist Profi-Babysitterin«, rief Max fröhlich, schob der vor sich hin starrenden Sonja das Käppi aus dem Gesicht und legte ihr einen Arm um die Schulter.

Mama lächelte die beiden an. Als Julius und Leo auf Zippas Teppich saßen, drängte Zippa ihre Mutter mit den Worten »Papa und du, ihr habt jetzt mal babyfreie Zeit« schnell wieder hinaus.

Leo machte »Rrrrr« und Julius ließ eine dicke Spuckeblase platzen.

Max schnappte sich Leo, warf ihn in die Höhe und fing ihn wieder auf. Leos Lachen klang wie das von Mickymaus.

Zippa schielte unauffällig zu Sonja. Die hockte immer noch stumm auf dem Sofa. Als Max nun Leo auf ihren Schoß setzte, hielt sie die Luft an.

»Hallo, Sonja«, sagte Max mit verstellter Stimme. »Ich bin Leo, der Lachfrosch.«

Wie aufs Stichwort lief Leo im Gesicht rot an und ein Pupsgeräusch ertönte. »Äh, ich bin Leo, der Kackfrosch«, improvisierte Max und Zippa lachte.

»Der hat in die Hose gemacht«, sagte Sonja plötzlich, hielt ihre Nase an Leos Hintern und nickte. Dann legte sie ihn vor sich auf den Rücken und kitzelte seinen Bauch. Leo gluckste. Sofort kam Julius angekrabbelt und patschte ebenfalls auf Leos Bauch.

»Wo ist das Wickelzeug?«, fragte Sonja, während sie Julius' kleine Hand nahm und anpustete. Der lachte vergnügt und Leo stimmte mit ein.

»Wickeln müssen wir ihn im unteren Bad«, sagte Zippa.

»Ich kann das machen.« Sonja hob Leo mit geübtem Griff hoch und stand auf.

Zippa sah Max staunend an. Sonja war wie verwandelt, und das war Zippa irgendwie unheimlich.

»Ich hab's doch gesagt. Was für mich Kuchen ist, das sind für Sonja Babys. Unwiderstehlich!«,flüsterte Max und hob den Daumen.

»Max hat gesagt, du hast eine eigene Küche«, sagte Sonja, als sie mit dem frisch gewickelten Leo wieder zurück war. »Darf ich die mal sehen?«

»Klar«, antwortete Zippa erleichtert. Sie schnappte sich Julius und zusammen stiegen sie in den Turm.

»Darf ich mal runterschauen?«, fragte Sonja und trat zu einem der Fenster.

Zippa öffnete es und zuckte zurück.

»Schaut nur! Jetzt glotzt sie wieder rauf, die alte Hexe!«, flüsterte sie und deutete nach unten. Genau in diesem Moment erhob Frau Rosenbusch ihre knorrige Hand und machte mit ausgestrecktem Zeigefinger ein *Du, Du, Du!*

»Wie ist die denn drauf?«, empörte sich Max und ahmte die Geste nach. »Die hat ja wirklich einen an der Waffel!«

Zippa nickte und zog Max vom Fenster weg.

»Provoziere die lieber nicht«, bat sie.

»Ist das die alte Frau, von der du glaubst, dass sie bei euch im Haus war?«, wollte Sonja wissen.

Zippa nickte und wippte sanft auf und ab. Julius war an ihrer Schulter eingeschlafen.

Sonja sah nach unten, und als die Rosenbusch wieder in ihrem Haus verschwunden war, sagte sie. »Ich hätte auch Angst vor der.« Sie vergrub ihre Nase in Leos weichen Haaren, dann fuhr sie fort: »Zippa, ich möchte mich bei dir entschuldigen. Das, was ich über deine Familie gesagt habe, und auch dass ich dich nicht ernst genommen habe, als du von eurer Nachbarin erzählt hast. Dabei ist die wirklich mehr als gruselig! Es war nur wegen meiner Eltern …«

Sonjas Stimme brach, und Max war deutlich anzusehen, dass er fürchtete, sie könnte wieder in ihre Dauer-Heulerei zurückfallen.

»Schnee von gestern«, erwiderte Zippa nur. »Ich glaube, wir bringen die Kleinen mal wieder zu Mama. Leo sieht auch so aus, als würde er gleich wegpennen.«

Als die Zwillinge friedlich in ihren Bettchen schlummerten, erzählte Zippa Max und Sonja von der letzten Begegnung mit der Rosenbusch, ihren grässlichen Pralinen und ihren Anschuldigungen. »Sie hat was von einem ›Vermächtnis‹ der Anna Modotti gefaselt, das uns nicht zustehen würde, weil wir uns ihr Erbe erschlichen hätten!«

»Und was könnte das sein?«, fragte Max.

Zippa zuckte mit den Achseln. »Wir wissen nicht

viel über Urmilas Halbschwester. Nur das haben wir gefunden.«

Zippa holte den alten Rezept-Kalender und zeigte den Aufdruck, auf dem stand, dass die Rezepte und die Fotos von Anna Modotti waren. »Das ist bisher der einzige Hinweis auf Anna. Vielleicht war sie Fotografin.«

Max schnappte sich den Kalender und blätterte ihn durch. Dabei fiel die alte Rechnung, die Papa ebenfalls aus der Kommode gezogen hatte, herunter. »Ey, cool, da steht der Preis noch in D-Mark drauf. Eine Zweisitzer-Bank mit Truhe, 120 DM«, las er vor.

»Das ist vielleicht die hier«, sagte Zippa und deutete auf die Bank neben dem Regal.

»Und die Truhe?«, fragte Sonja. »Gibt es die auch noch?«

Zippa schüttelte den Kopf. Sonja griff nach der Rechnung und grinste. »Ach, so ist das gemeint. Das ist eine Truhenbank! Ich hatte mal so eine in meinem alten Kinderzimmer. Da war immer meine Prinzessinnenverkleidung drin.«

Zippa und Max sahen sich an. »Du meinst, unter der Sitzfläche ist ein Fach?«

Sonja nickte und Max zog an der Sitzfläche der Bank. Nichts bewegte sich.

»Vielleicht ist die Klappe verriegelt?« Zippa ging

auf die Knie und sah sich die Bank von unten an. »Treffer!«, rief sie.

Zippa schob den Riegel auf und hob vorsichtig die Sitzfläche an. Max ging aufgeregt in die Knie. In der Truhe lag eine silberglänzende Metallkiste mit dem eingestanzten Aufdruck »Feines englisches Teegebäck«.

22

»Mach schon auf«, drängte Max. Auch Sonja sah Zippa erwartungsvoll an. Sie wog die Dose in ihren Händen.

»Ziemlich leicht«, stellte sie enttäuscht fest und schüttelte das Ding behutsam. Ein leises, schabendes Geräusch ertönte. Ihr Herz klopfte schneller, als sie mit den Fingern den Deckel griff. Er ließ sich leicht öffnen. Zum Vorschein kam nur eine knittrige alte Postkarte. Sie war unbeschrieben und lag mit dem Motiv nach unten.

Zippa drehte die Karte um. Eine rothaarige Frau mit weißer Schürze und einem Tablett in der Hand stand vor einer Konditorei neben einem Gartentisch und lächelte in die Kamera. Zippa las laut den schwungvollen Schriftzug: »Konditorei Modotti – Immer einen Ausflug wert!«

»Ob das Anna Modotti ist?«, fragte Sonja.

»Ganz bestimmt ist sie das!« Zippas Stimme überschlug sich. Hektisch kramte sie nach dem Fotobuch, das ihr Urmila vererbt hatte. »Schaut euch mal meine Uroma an.«

Sie schlug es dort auf, wo Urmila ein Foto von sich eingeklebt hatte mit der Beschriftung: *Das bin ich an meinem 40. Geburtstag.*

»Wow«, rief Max. »Die könnten ja fast als Zwillinge durchgehen.« Auch Urmila hatte rote Locken, sie trug die Haare genau so wie die Frau auf der Postkarte. Beide Frauen hatten ovale Gesichter mit leicht mandelförmigen Augen.

»Aber Urmila hatte eine Stupsnase und die da einen Zinken.« Zippa tippte auf die Nase der Frau.

»Ich finde sie trotzdem hübsch«, meinte Sonja und Max stimmte ihr zu. Jetzt drehte Zippa die Karte noch einmal um und sah sich die unbeschriebene Seite an.

»Seht nur. Die Konditorei ist in Kreisheim am Gärtnerplatz 8.« Aufgeregt zeigte Zippa auf den kleinen Aufdruck. »Und hier steht noch was. *Konditorei Modotti, Inhaberin Anna Modotti.*«

»Also ist sie es wirklich.« Max nahm Zippa noch einmal die Karte ab und versuchte das Gebäude zu erkennen. »Ich bin manchmal in Kreisheim. Ein Kumpel von mir wohnt dort.«

»Und? Erkennst du was?«

Max schüttelte langsam den Kopf. »Die Karte ist ja schon uralt. Diese Konditorei gibt es bestimmt nicht mehr.«

»Wie weit fährt man denn nach Kreisheim?«, fragte Zippa.

»Mit dem Bus ist es vom Bahnhof aus eine halbe Stunde.«

»Super, da muss ich hin!« Aufgeregt zupfte sie sich an der Unterlippe.

»Kein Problem. Wie wäre es morgen?«

»Kommst du mit?« Zippa strahlte Max an.

»Logisch«, erwiderte Max und seine blauen Augen leuchteten.

»Das wird so cool!« Zippas Blick streifte Sonja. Einige Strähnen lugten unter ihrem Käppi hervor, die Arme hatte sie vor der Brust verschränkt und sie hielt ihren Blick gesenkt. Zippa fuhr sich verlegen durch die Haare. Sie fühlte sich plötzlich sehr unwohl. »Willst du auch mitkommen?«, fragt sie unbehaglich.

»Lass mal«, wehrte Sonja halbherzig ab, und es entstand eine peinlich lange Pause, in der keiner der drei etwas sagte.

Da gab Zippa sich einen Ruck. »Ach, komm doch mit«, hakte sie mit Nachdruck nach.

»Echt?«, freute sich Sonja, und dann beratschlagten sie, wann und wo sie sich treffen wollten.

Später ließ sich Zippa zwischen Sonja und Max auf die Hollywoodschaukel fallen. »Ihr habt wirklich ein tolles Haus und einen wunderschönen Garten«, stellte Sonja fest.

»Habt ihr auch einen Garten?«

Die Frage war Zippa einfach so über die Lippen gekommen. Max stieß sie zwar noch in die Seite, aber da war es zu spät.

»Ja, aber ich schätze, damit ist es bald vorbei«, antwortete Sonja leise.

»Meinst du nicht, dass sich das mit deinen Eltern wieder einrenkt?« Zippa sah sie aufmerksam an.

Aber Sonja schüttelte stumm den Kopf. »Sobald meine Halbschwester da ist, wird Papa bei seiner Neuen einziehen. Und Mama sagt, wir können das Haus nicht behalten.«

»Du bekommst eine Halbschwester?«

Sonja nickte traurig und Max zog eine betretene Miene. Irgendwie wurde Zippa jetzt erst klar, was es bedeutete, dass Sonjas Vater mit einer anderen Frau ein Kind bekam. So musste sich Urmila damals gefühlt haben! Ihr Vater war auch weggegangen, weil er Anna bekommen hatte.

Arme Urmila, dachte Zippa und nahm sich vor, gleich am Abend noch einmal im Fotoalbum zu blättern. »Seit wann weißt du denn, dass deine Mutter in der Nervenklinik ist?«, fragte sie vorsichtig.

Ein Schmetterling kam und setzte sich auf Sonjas Arm. Sie hielt ganz still. »Das wusste ich von Anfang an. Ich wollte aber nicht, dass noch jemand anderes es weiß. Erst als dann auch noch die Nachricht von der Halbschwester kam …«

Max bewegte sich ruckartig und der Schmetterling flog fort.

Sonja sah auf die Uhr ihres Smartphones. »Schon fast sieben. Wir müssen heim.«

»Sind deine Gäste weg?«, fragte Papa, nachdem Zippa Max und Sonja an der Tür verabschiedet hatte. Zippa nickte stumm. Papa schaute sie so ernst an, dass sich ihr Magen zusammenzog. Sie sah ihm an, dass er keine guten Nachrichten hatte.

»Mama und ich wissen, wie sehr du dieses Haus hier liebst. Wir mögen es auch sehr und fühlen uns wohl«, sagte Papa und legte Zippa einen Arm um die Schulter.

Sie machte sich ganz steif, denn sie wusste, dass gleich ein großes »Aber« folgen würde. »Fakt ist leider, dass wir uns die teuren Reparaturen, die im

Haus noch alle gemacht werden müssten, einfach nicht leisten können. Mama und ich schauen uns also schweren Herzens nach einer Wohnung um.«

Wie betäubt hörte Zippa ihrem Vater zu. Am liebsten hätte sie sich die Ohren zugehalten!

»Das Gute ist, dass wir das Haus verkaufen und von dem Geld dann eine schöne Wohnung kaufen können. Da bekommst du also auf alle Fälle wieder ein großes eigenes Zimmer.«

»Darum geht es aber doch nicht!«, rief Zippa. »Die Modotti-Villa ist das schönste Haus der Welt und in ihr müssen Modottis leben! Ich kann auch mithelfen und wir reparieren alles selbst!« Zippa stiegen Tränen in die Augen. Es musste einfach eine Lösung geben!

»Das Einzige, was uns jetzt noch helfen würde, wäre ein Lottogewinn.« Ihr Vater sah sie traurig an.

»Oder der Modotti-Schatz«, flüsterte Zippa. »Vielleicht gibt es ihn wirklich!« Entschlossen wischte sie sich über die Augen. Sie hatte plötzlich das tiefe Gefühl, dass es ihn gab und die Fahrt nach Kreisheim sie ihm näher bringen würde!

23

»Nächster Halt Hinterloch.«

Der Bus hielt an und Max sagte: »Alle, die hier wohnen, sind sogenannte Hinterlocher.«

»Gelochte Hintern würden als Gebäck vielleicht gut zu Schweinsohren oder süßen Knochen passen«, meinte Zippa und kicherte. Der Mann, der vor ihnen saß, drehte sich pikiert um.

»Mit euch kann es richtig peinlich werden«, stellte Sonja grinsend fest, aber Zippa widersprach: »Mit uns kann man immer was erleben.«

Schon seit zehn Minuten fuhren sie eine schmale Landstraße entlang, die von knorrigen alten Bäumen gesäumt war.

»Nächster Halt Kreisheim Bahnhof«, schnarrte die

Ansage des Busfahrers. Die Kinder stiegen aus und Zippa sah sich aufgeregt um. In dieses kleine Städtchen war Anna Modotti also immer zu ihrer Konditorei gefahren. Ob sie auch den Bus genommen hatte?

Max fütterte derweil sein Smartphone mit der Adresse. »Mir nach«, rief er ungeduldig und ging los.

Sie liefen eine Weile an einer stark befahrenen Hauptstraße entlang, bis Max die kleine Gruppe in eine Seitenstraße dirigierte, die direkt ins Zentrum der Stadt führte. Sie kamen an etlichen Läden und auch an zwei Restaurants vorbei, in denen geschäftiges Treiben herrschte. Viele Kreisheimer schienen den sonnigen Samstagvormittag zu nutzen, um ihre Wochenendeinkäufe zu erledigen.

»Ich bin richtig aufgeregt«, wandte sich Zippa an Sonja, die neben ihr herlief, während Max einen halben Meter vor den beiden marschierte.

»Was hast du eigentlich genau vor?«, wollte Sonja wissen.

Zippa zuckte mit den Schultern. »Erst einmal schauen, wie die Konditorei aussieht, falls es sie wirklich noch gibt.«

»Und dann?«

»Keine Ahnung. Ich weiß ja auch nicht. Irgendwie möchte ich mehr über Anna wissen. Wer sie war, wie sie gelebt hat. Immerhin hat sie auch leidenschaftlich gebacken.«

»Irgendwie passt Backen gar nicht zu dir.« Sie blieben an einer roten Ampel stehen und Zippa sah Sonja irritiert an. »Warum soll Backen nicht zu mir passen?«

Röte zog sich über Sonjas Wangen. Max sprang ihr bei. »Du bist eben auf den ersten Blick nicht so der Typ für Weiberkram.«

»Max hat das falsch ausgedrückt«, beeilte sich Sonja zu erklären. »Backen ist einfach ein ungewöhnliches Hobby für jemanden in unserem Alter. Findest du nicht?«

»Na ja. Ich finde daran nichts Ungewöhnliches. Aber ich mache das auch schon ziemlich lange«, entgegnete Zippa.

»Siehst du. Für dich ist es das Normalste von der Welt. So wie für mich meine Leidenschaft für kleine Kinder und schicke Schuhe total normal ist.«

Daraufhin erwiderte Zippa nichts, denn Max deutete plötzlich nach vorne. »Da muss es sein!«, rief er. Im Laufschritt näherten sich die drei dem Platz.

»Café – Konditorei zum Tortenhimmel«, verkündete Zippa. »Da ist es.« Sie zeigte auf ein Haus auf der gegenüberliegenden Seite des Platzes. Vor dem Café standen fünf kleine Tische, an denen vereinzelt Leute saßen. Drei Stufen führten hinauf in den Laden und auf einem großen Schild stand *Sonnige Terrasse im Hinterhof.* Zippa zog die Postkarte aus ihrer Tasche und verglich sie mit dem Original.

»Das ist zwar alles modernisiert, aber das Gebäude ist dasselbe«, sagte sie und spürte ein Kitzeln in der Magengegend. »Ich stelle mich jetzt mal so vor die Stufen, wie Anna gestanden hat, und ihr fotografiert mich«, schlug Zippa vor und lief zum Eingang des Cafés. Sie schnappte sich ein volles Tablett von einem leeren Tisch und nahm die gleiche Haltung ein wie Anna auf der Postkarte.

»Kann ich mal durch?« Eine Bedienung mit schwarzer langer Schürze bahnte sich den Weg an ihr vorbei und brachte einem der Gäste ein riesiges Stück Erdbeerkuchen mit Sahne.

Max blickte sehnsüchtig darauf. »Wollen wir uns nicht setzen?«, schlug er vor und deutete auf den freien Tisch, aber Zippa schüttelte ihren Lockenkopf.

»Lieber auf die hintere Terrasse«, sagte sie, denn sie wollte das ganze Café inspizieren.

Langsam trat sie in das Halbdunkel des Ladens, der nicht viel größer war als ihr Wohnzimmer. Eine große altmodische Theke, in deren Auslage prächtige Torten, verführerisch duftende Kuchen, Gebäckstücke und handgefertigte Pralinen lagen, dominierte den Raum. Weiter hinten gab es zwei Tische mit einer gemütlichen Eckbank und noch mehrere kleine runde Tische. Überall standen Vasen mit frischen Blumen. Zippa fand, dass es alles sehr einladend aussah.

»Also, für mich bitte den Erdbeerkuchen mit

Schlagsahne«, bestellte Max, als sie sich auf der Terrasse niederließen. Sonja entschied sich für ein rosafarbiges Petit Four mit weißem Marzipanröschen und Zippa nahm ein Stück Apfeltaler mit Schlagsahne. Dahinter stand nämlich in Klammern *Nach dem Originalrezept.*

Zippa wollte die anderen gerade darauf aufmerksam machen, da rief Max, der auch noch die Eiskarte studierte: »Hey, hier gibt es einen Modotti-Becher!«

»Zeig!« Mit einem Ruck zog Zippa ihm die Karte weg.

»Hier.« Max tippte auf den Abschnitt, der mit *Eisvariationen* überschrieben war. Aufgeregt las Zippa die Beschreibung: *3 Kugeln hausgemachtes Vanilleeis mit einem Schuss Schokolikör und unseren berühmten Teufelsküssen.*

»Hammer«, sagte Zippa und eine Gänsehaut lief ihr über den Rücken. *Teufelsküsse!* So hatte die alte Rosenbusch ihre scharfen Pralinen genannt!

Als die Bedienung ihre Bestellung brachte, fragte Zippa aufgeregt: »Entschuldigen Sie, dieser Modotti-Becher – warum heißt der so?«

Die Bedienung zog die gezupften Augenbrauen nach oben und erklärte lächelnd: »Der heißt so, weil ihn die Gründerin dieses Cafés erfunden hat. Sie hieß Anna Modotti. Da sind Teufelsküsse drin.«

»Teufelsküsse?«

»Das sind unsere berühmten Pralinen, die ebenfalls Frau Modotti erfunden hat. Außen schwarz wie Ruß und innen rot wie Feuer. Wir liefern sie sogar ans britische Königshaus. Für euch sind die nichts. Da ist Alkohol drin und sie sind außerdem sehr scharf. Mit deinem Stück Apfeltaler hast du eine gute Wahl getroffen. Die schmecken fast jedem, und die sind auch hier erfunden worden.«

»Auch von Anna Modotti?«

Die Bedienung sah Zippa überrascht an. »Du willst es aber ganz genau wissen, was? Also, viele alte Kreisheimer glauben zwar immer noch, dass der Original-Apfeltaler auf das Konto von Anna Modotti geht, aber dieser Kuchen ist von der heutigen Besitzerin des Cafés erfunden worden, von Frau Rosenbusch!«

»Rosenbusch?« Zippa erstarrte.

»Genau. Das ist die Besitzerin dieses Cafés«, wiederholte die Bedienung und deutete auf eine rundliche Frau mit kurzen Haaren, die am Tresen stand.

Zippa sprang auf und starrte die Frau, die Rosenbusch hieß, wie eine Erscheinung an. Die hatte überhaupt nichts mit der alten Rosenbusch gemein! Sie wirkte ganz normal und eher jugendlich mit ihrer Kurzhaarfrisur und den schwarzen Cargohosen. Zippa gab sich einen Ruck und ging zögernd auf sie zu.

»Was machst du?«, hörte sie Max hinter sich rufen, ignorierte ihn aber.

»Entschuldigung«, sagte sie mit zitternder Stimme zu der Frau. »Mein Name ist Zi-, äh Isabella Modotti. Ich hätte da eine Frage.« Zippas Herz klopfte wie wild.

»Modotti?« Hinter einer randlosen Brille blitzen Zippa runde kleine Augen an, die die Farbe von Kieselsteinen hatten.

Frau Rosenbusch sah Zippa forschend an.

Zippa nickte. »Meine Eltern haben Anna Modottis altes Haus geerbt. Meine Uroma war Anna Modottis Halbschwester.«

Frau Rosenbuschs Augen weiteten sich. »Meine Mutter hat mir gar nicht erzählt, dass im Modotti-Haus wieder jemand wohnt. Und dann auch noch Verwandte von Anna? Ich habe gedacht, sie hat das Haus einer Wohltätigkeitsorganisation vermacht!«

»Nein, da wohnen jetzt meine Eltern, meine Brüder und ich.« Zippa bekam feuchte Hände und in ihrem Kopf sprangen Gedanken umher wie heißes Popcorn. Wieso war Frau Rosenbusch jetzt die Besitzerin von Annas Café?

»Darf ich mich kurz zu dir setzen?«, fragte Frau Rosenbusch nun und Zippa nickte dankbar. Ihre Knie fühlten sich wie Gummi an, so aufgeregt war sie.

Frau Rosenbusch kam mit an den Tisch und begrüßte Sonja und Max. »Das Gespräch könnte länger dauern, glaube ich. Wollt ihr vielleicht noch etwas auf Kosten des Hauses bestellen?«

24

»Cool.«

Max entschied sich für einen Riesen-Schokotraum und Sonja für einen kleinen Früchtebecher.

»Und was nimmst du, Isabella?«, wandte sich Frau Rosenbusch an Zippa. Max verschluckte sich fast an seinem Kuchen und auch Sonja sah Zippa entgeistert an.

»Also«, stotterte Zippa, »eigentlich nennen mich alle nur Zippa und ich nehme gerne zwei Kugeln grünes Eis mit Sahne.«

Frau Rosenbusch gab die Bestellungen an ihre Angestellte weiter und faltete ihre Hände vor sich auf dem Tisch. »Also dann, Zippa. Was du mir gerade von Anna erzählt hast, haut mich, ehrlich gesagt, richtig um. Ich hatte ja keine Ahnung, dass sie noch eine Halbschwester hatte.«

»Meine Eltern und meine Großeltern wussten auch nicht, dass es Anna gab. Erst als meine Uroma gestorben ist und plötzlich das Haus da war, haben wir davon erfahren.«

»Das klingt wie ein richtiges Familiendrama!« Frau Rosenbusch nahm ihre Brille ab und putzte sie mit einem Zipfel ihrer Schürze.

Dann erzählte sie: »Anna war für mich wie eine zweite Mutter und für meine Mutter wie eine große Schwester. Die beiden waren schon als Kinder Nachbarn, und als die Eltern meiner Mutter bei einem Unfall gestorben sind, haben sich Annas Eltern um meine Mutter gekümmert. Da war sie ungefähr so alt wie ihr jetzt.«

Max räusperte sich und fragte: »Hat Ihre Mutter dann auch mit in der Villa Modotti gewohnt?«

Frau Rosenbusch nickte. »Ja. In ihr Elternhaus ist meine Mutter erst wieder eingezogen, als sie erwachsen war und mich bekommen hat. Anna war da schon nach Kreisheim gezogen und hat Konditorin gelernt. Sie war schon als junge Frau für ihre ungewöhnlichen Pralinenkreationen bekannt und machte dann die Konditorei Modotti auf. Anna stellte meine Mutter im Café ein, brachte ihr alles bei und hat sich auch um mich gekümmert.«

»Hat Anna auch in der Villa gekocht und gebacken?«, fragte Zippa neugierig nach.

»Du meinst vor allem in dem Zimmer, von dem aus man in die kleine Turmküche kommt, nicht wahr?«, sagte Frau Rosenbusch und ein Glänzen trat in ihre Augen. »Das war Annas Reich. Dort hat sie sich all ihre Kreationen ausgedacht. Mir hat sie das Konditorenhandwerk dort oben beigebracht.« Frau Rosenbusch schnäuzte sich. Die Erinnerungen an die vergangenen Zeiten mit Anna Modotti in deren Turmküche bewegten sie sichtlich.

»Ach, Kinder, das waren Zeiten damals. Jeden Morgen sind meine Mutter, Anna und ich in Anna Modottis rotem Mercedes nach Kreisheim gefahren, haben Pralinen und Torten hergestellt, das Café geöffnet und sind am Abend wieder gemeinsam heimgekehrt. Die Konditorei Modotti war immer voll. Besonders an den Wochenenden.«

»Warum heißt das Café jetzt Tortenhimmel?«, wollte Zippa nun wissen.

»Als Anna in den Ruhestand ging, hat sie mir das Café übertragen, aber darauf bestanden, dass ich es modernisiere und umbenenne. Das habe ich gemacht, aber ich stelle natürlich all ihre tollen Kuchen, Pralinen und Torten-Erfindungen weiter her. Sie war eine begnadete Konditorin«, sagte Frau Rosenbusch.

»Ja, aber Sie sind auch genial! Dieser Apfeltaler ist Weltklasse!«, warf Zippa ein.

»Nein, nein. Diesen Kuchen hat meine Mutter erfunden«, antwortete Frau Rosenbusch, und Max, der so gebannt zugehört hatte, dass sein Riesen-Schokotraum sich verflüssigte, rutschte heraus: »Die alte Hexe?«

»Max!«, ermahnte Sonja ihren Cousin, doch Frau Rosenbusch winkte ab.

»Meine Mutter hat sich in den letzten Jahren sehr verändert, und seit Anna gestorben ist, wird sie immer seltsamer.«

»Ihre Mutter«, begann Zippa stockend, »hat was gegen meine Familie. Sie hat etwas von einem Vermächtnis gesagt, das uns nicht zusteht, weil wir nicht die rechtmäßigen Erben sind. Was meint sie damit?«

»Damit meint sie wahrscheinlich Annas Rezeptbuch, das nie wieder aufgetaucht ist.«

Zippa horchte auf.

»Anna hatte ein Büchlein, in das sie all ihre neu erfundenen Rezepturen für Kuchen, Torten und Pralinen schrieb. Nach ihrem Tod war es verschwunden. Meine Mutter hat das ganze Haus auf den Kopf gestellt. Aber es war weg.«

»Ist das Buch denn so wichtig?«, wollte Max wissen.

»Na ja. Darin stehen die Originalrezepte der Modotti-Kreationen und all ihre persönlichen Notizen. Man kann daran quasi nachvollziehen, wie sie ihre Rezepturen entwickelt hat.« Frau Rosenbusch nickte und beugte sich nach vorne, um etwas leiser fortzufahren. »In Wahrheit stelle ich nur eine Nachahmung der Teufelsküsse her. Das Originalrezept habe ich nicht. Es stand in dem Buch.«

»Ist das schlimm?«, wollte Sonja wissen.

Frau Rosenbusch lachte glucksend. »Also, beschwert hat sich noch keiner. Ich habe mir ja auch viel bei Anna abgeschaut. Nur meine Mutter hat eben diesen Tick.«

»Waren Sie eigentlich nicht sauer, dass Sie die Modotti-Villa nicht geerbt haben?«, erkundigte sich Sonja.

Zippa sah sie überrascht an. Das war eine wirklich gute Frage!

»Nein, ich war nicht sauer, sondern sehr dankbar. Immerhin war Anna gegenüber mir und auch meiner Mutter sehr großzügig gewesen. Sie hat mir nicht nur die Konditorei gegeben, sondern meiner Mutter all ihre Wertgegenstände vermacht und sogar Geld.«

Frau Rosenbusch seufzte und fuhr sich mit der Hand über die Stirn. »Bloß meine Mutter hat es gewurmt, dass sie nicht auch noch das Haus bekommen hat und das Rezeptbuch. Sie ist richtiggehend besessen von diesem Gedanken, und deshalb haben wir uns auch sehr gestritten.« Frau Rosenbusch sah Zippa kopfschüttelnd an und knetete nervös ihre Hände. »Sie hat mir ja noch nicht einmal erzählt, dass jemand in der Modotti-Villa eingezogen ist, geschweige denn, dass ihr mit Anna verwandt seid!«

Am Tisch herrschte eine Weile gespanntes Schweigen, dann platzte es aus Zippa heraus: »Kann es sein, dass Ihre Mutter immer noch nach dem Buch sucht?«

Ein erschrockener Ausdruck huschte über Frau Rosenbuschs Gesicht. »War sie etwa bei euch im Haus?«

Zippa senkte den Blick, wiegte den Kopf und stellte eine Gegenfrage. »Hat sie vielleicht noch einen Schlüssel?«

Frau Rosenbusch hustete. »Sie will ihn nicht hergeben«, antwortete sie dann leise, nahm ihre Brille ab und rieb sich das rechte Auge. »Sie kann sehr störrisch sein. Das ist auch der Grund, warum ich sie so selten besuche. Ich weiß auch nicht, warum das alles so kompliziert ist und meine Mutter die alten Dinge nicht einfach vergessen will.«

Darauf wussten weder Zippa noch Max und Sonja etwas zu sagen. Betreten sahen sie sich an.

»Ach, Kinder«, sagte Frau Rosenbusch und klatschte in die Hände. »Wollt ihr denn vielleicht ein Foto von Anna sehen?«

»Unbedingt«, stimmte Zippa zu und zusammen

gingen sie in den Verkaufsraum. An einer Wand hingen mehrere Bilder. Frau Rosenbusch zeigte auf eines und sagte: »Dieses Foto von Anna wurde vor drei Jahren gemacht.«

Zippas Augen weiteten sich: »Das ist die Frau, die mir den ersten Preis beim Backwettbewerb überreicht hat!« Ihre Stimme überschlug sich fast.

»Du hast den gewonnen?« Frau Rosenbusch schüttelte überrascht den Kopf. »Ich weiß noch, dass sie von der Siegerin sehr beeindruckt war, weil es die jüngste Teilnehmerin war. Aber da muss sie ja deinen Nachnamen …« Frau Rosenbusch schlug sich die Hand auf den Mund. »Sie muss gewusst haben, dass du mit ihr verwandt warst, und hat kein Wort darüber verloren!«

Als Zippa später am Nachmittag auf die Villa Modotti zuging, die von der Julisonne in warmes Licht getaucht war, stellte sie sich vor, wie Anna und die alte Frau Rosenbusch noch jung waren. Vielleicht hatten sie auf der Straße zusammen Käsekästchen gehüpft oder waren Rollschuh gefahren.

Doch dann fiel Zippa ein, was die alte Rosenbusch gesagt hatte, als sie ihr Jo-Jo gesehen hatte: nämlich, dass sie als Jugendliche keine Zeit zum Spielen gehabt hatten. Unentschlossen blieb sie auf Höhe des

Rosenbusch-Hauses stehen. Vielleicht sollte sie einfach klingeln und ihr alles erklären?

In diesem Moment öffnete sich die Haustür. Die alte Frau Rosenbusch hob den rechten Arm, ballte die Hand zur Faust und drohte: »Anna wird sich im Grab umdrehen, weil ihr Vermächtnis in den Händen von Erbschleichern ist.«

Ohne sich nach der keifenden Nachbarin umzudrehen, lief Zippa nach Hause.

25

In ihrem Zimmer legte sich Zippa erschöpft aufs Sofa. Gedankenverloren starrte sie eine Weile vor sich hin. Jetzt, wo sie so viel über Anna erfahren hatte, konnte sie sich noch weniger vorstellen, die Villa Modotti wieder aufzugeben.

»Es muss doch irgendeine Lösung geben«, sagte sie laut zu sich selbst. Warum in aller Welt hatte Anna das Haus nicht auch an die Rosenbuschs vererbt? Warum hatte Anna ausgerechnet ihrer Halbschwester, von der sie niemandem erzählt hatte, das Haus vermacht? Dafür musste es einen Grund geben.

Zippa schnappte sich noch einmal das Fotoalbum und schlug es auf der letzten Seite auf. Dort hatte Urmila ein Foto von sich eingeklebt, das Papa einen

Monat vor ihrem Tod gemacht hatte. Nachdenklich betrachtete sie es.

»Urmila, warum hast du nichts von Anna erzählt? Du hast bestimmt gewusst, dass du eine kleine Halbschwester hattest, oder?«

Die lieben Urmila-Augen sahen Zippa reglos an. Plötzlich spürte Zippa – genau wie kurz vor dem erstmaligen Gelingen eines neuen Jo-Jo-Tricks –, dass sie etwas wusste, es aber nicht in Worte fassen konnte. Konzentriert studierte sie die letzte Seite des Fotoalbums, konnte jedoch nichts Außergewöhnliches finden.

Langsam blätterte Zippa die Seiten zurück. Urmila hatte das Album von ihrer Kindheit bis zum Alter angelegt. Es gab auch ein Foto von der Torte, die Zippa ihr zum dreiundachtzigsten Geburtstag gebacken hatte. Es war die erste Torte gewesen, die Zippa ohne Hilfe hergestellt hatte.

Urmila hatte unter das Foto mit ihrer altmodischen Handschrift etwas geschrieben. Um alles zu entziffern, brauchte Zippa fast fünf Minuten.

Dein erstes Meisterwerk. Die Konditorkunst ist ein Schatz, den Du für Dich schon entdeckt hast. Aber ich verrate Dir ein Geheimnis: Diese Kunst liegt in der Familie! Suche nach Anna Modottis Lebenswerk, und Du wirst auch den Modotti-Schatz finden, deren Hüterin sie war.

Ungläubig las Zippa die Zeilen noch einmal. Das gehörte eindeutig zu Urmilas Schatzsuche, aber es war gleichzeitig auch ein Hinweis auf Anna! Auf Zippas nackten Armen bildete sich eine leichte Gänsehaut.

»Vielleicht hat Anna Urmila nicht nur das Haus hinterlassen, sondern auch ihr Rezeptbuch?«

Zippas Herz begann schneller zu schlagen. Angestrengt versuchte sie auch die anderen Bildunterschriften zu entziffern und ignorierte ihren Magen, der vor Hunger laut knurrte. Mit der Zeit konnte sie Urmilas Schrift immer besser lesen, aber sie fand keine weiteren Hinweise, nur Informationen darüber, wer auf dem Foto zu welcher Zeit und an welchem Ort zu sehen war.

Zippa wollte schon aufgeben, da stieß sie unter einem Bild von Urmila, das sie bei ihrem Hobby – Kreuzworträtsel lösen – zeigte, auf Folgendes:

Zu spät habe ich begriffen, wie schön es gewesen wäre, mit einer Schwester zusammen Rätsel zu knacken. Dieses hier hätte ihr bestimmt gefallen: Ein Band ist ein gutes Versteck für Post. Vielleicht knackst Du es, Zippa?

»Bingo«, rief Zippa. Bevor sie sich aber daran machte, das Rätsel zu lösen, musste sie etwas essen. Vor lauter Hunger konnte sie schon gar nicht mehr denken.

Unten in der Küche robbte Leo auf sie zu und gurgelte dabei feuchte Laute aus seinem Mund.

»Na, du kleine Putzmaschine. Immer schön den Küchenboden wischen, dann hat Mama nicht so viel Arbeit«, begrüßte Zippa ihn und lugte unter die Deckel der Töpfe, die auf dem Herd standen. Leider waren alle leer.

»War euer Ausflug nach Kreisheim schön?«, wollte Mama wissen. Zippa nickte. Sie hatte ihren Eltern nur erzählt, dass sie in Kreisheim in ein Café gehen wollten.

»Kann ich mir Rühreier machen?«, fragte sie und griff nach der Pfanne.

»Ja. Mach doch bitte gleich etwas mehr. Julius und Leo lieben Rührei«, kam die prompte Antwort ihrer Mutter, und schon verschwand sie mit Julius im Badezimmer, um ihn zu wickeln.

»Windeln vollmachen, essen und schlafen«, wandte sich Zippa an Leo, der immer noch am Boden rumrobbte. »Das ist alles, was ihr könnt.«

Leo brabbelte etwas und griff nach Zippas nackten Zehen.

»Und knuffig sein«, sagte Zippa lachend.

Als Leo und Julius dann genüsslich ihr Rührei mampften, war sie bester Laune. Verschwörerisch zwinkerte sie den kleinen Kerlen zu und sagte: »Wenn ihr etwas größer wärt, könntet ihr mit mir zusammen Urmilas Rätsel knacken. Das wäre super!«

Zippas Mutter, die den Herd gesäubert hatte, setzte sich mit an den Tisch. »Musst du noch oft an Mila denken?«

»Total oft«, sagte Zippa. »Und es kann sein, dass sie uns nicht nur die Villa Modotti hinterlassen hat.«

»Wie meinst du das?«

»Sie hat mir …« Zippa stoppte. »Sie hat mir in dem Fotoalbum Rätsel unter manche Bilder geschrieben. Und ich dachte, jetzt ist es an der Zeit, die zu knacken.«

26

»Ein Band ist ein gutes Versteck für Post.«

Zippa las das Rätsel noch einmal und schrieb es sich auf einen extra Zettel. Bedeutete das vielleicht, dass Anna und Urmila sich geschrieben hatten? Vielleicht hatte Urmila die Briefe in ein bestimmtes Buch gelegt. Ein Buch, von dem es mehrere Bände gab!

Zippa eilte nach unten ins Arbeitszimmer und sah sich die Bücherregale an. Dort standen hauptsächlich Bildbände von berühmten Fotografen. Sie griff sich einen Band und blätterte ihn durch, dann einen nächsten und noch einen. Aus dem dritten fiel tatsächlich ein loses Blatt, aber es war nur ein ausgeschnittener Zeitungsartikel, in dem etwas über den Fotografen stand, dessen Bilder in dem Fotoband waren.

»Was machst du da?«

Zippa ließ vor Schreck fast das Buch fallen, das sie in den Händen hielt. Ihr Vater war unbemerkt ins Zimmer gekommen.

»Hm«, antwortete Zippa nur unbestimmt und blätterte weiter. »Stehen hier im Arbeitszimmer alle Bücher, die du von Urmila geerbt hast?«

»Ja«, antwortete Papa. »Hoffst du, dass Mila in ihren Büchern etwas versteckt hat? Nur zu, sieh dich um. Und wenn du einen Schatz findest, sag mir Bescheid.«

»Sehr witzig.«

Papa grinste. »Ich wollte dir nur sagen, dass Mama und ich uns morgen Vormittag ein paar Wohnungen ansehen werden. Nur ganz locker, Zippa, und wenn wir eine finden, die uns gefällt, dann sollst du die natürlich auch anschauen.«

Zippa blieb ganz steif stehen. »Na gut«, sagte sie leise. Ihr war klar, dass sie rasch handeln musste. Wenn Urmila im Haus wirklich den Modotti-Schatz versteckt hatte, dann musste sie ihn so schnell wie möglich finden!

Am Sonntagvormittag war es im Modotti-Haus herrlich ruhig. Das Fotoalbum lag noch aufgeschlagen neben Zippas Bett und sie griff es sich mit einer

Hand. In der anderen hielt sie ein Frühstückshörnchen und las mit vollem Mund zum x-ten Male: »Ein Band ist ein gutes Versteck für Post.«

Plötzlich fiel Zippa dabei etwas auf. Sie schluckte schnell hinunter und sagte den Satz mit anderer Betonung noch einmal: »*Einband* ist ein gutes Versteck für Post.«

Zippa hielt den Atem an. Sie klappte das Album zu und fuhr tastend mit den Händen über den ledernen Einband. Und tatsächlich, auf der Hinterseite entdeckte sie einen kleinen Schlitz! Sie schob die Fingerspitzen hinein und spürte glattes Papier. Vorsichtig zog sie einen Briefumschlag unter dem Einband hervor.

Jetzt erst ließ Zippa mit einem zischenden Geräusch die Luft aus ihrem Mund entweichen. Auf dem Umschlag stand nichts. Sie öffnete ihn. Zum Vorschein kam ein gefalteter Bogen – ein sehr langer Brief, der an Urmila gerichtet war:

Liebe Emilia,

was für ein Trauerspiel! Alles begann mit unserem Vater, der Dich und Deine Mutter schändlich im Stich gelassen hat. Aber warum haben wir ein ganzes langes Leben lang nicht zueinandergefunden?

Es tut mir so leid, dass ich damals zu jung und zu ängstlich war, um mich mit Dir zu treffen, als Du es einmal vorschlugst. Aber ich war so unsicher, und meine Freundin Erna Rosenbusch, die wie eine kleine Schwester für mich ist, wurde sehr eifersüchtig, als ich ihr Deinen Brief zeigte. Auch unser Vater wurde immer sehr zornig, wenn ich etwas über seine Vergangenheit erfahren wollte.

Nach seinem Tod wollte mir Erna helfen, mit Dir Kontakt aufzunehmen, und hat Dir sogar persönlich meinen Brief gebracht. Ich hoffe jedenfalls, dass sie das getan hat – oder hat sie mich damals belogen? Sie sagte, Du hättest den Brief nicht annehmen wollen. Das war sehr schmerzlich, aber ich habe es respektiert.

Bei unserer zufälligen Begegnung vor zwei Jahren, als ich Deiner Urenkelin Isabella den Backwettbewerbs-Preis übergeben durfte, hast Du mir unmissverständlich zu verstehen gegeben, dass ich mich von Dir und Deiner Familie fernhalten soll. Das hat mich traurig gemacht, aber ich habe auch das respektiert.

Bevor ich nun aber diese Welt verlasse, möchte ich Frieden schließen, und so hinterlasse ich Dir drei Dinge, die in Modotti-Hand bleiben sollen.

Erstens mein Elternhaus. Seit ich Isabella getroffen habe, weiß ich, dass Dein Enkelsohn mit seiner Familie hier in der Stadt wohnt. Vielleicht gibst du das Haus an ihn weiter? Es wäre wunderbar, wenn es sich endlich einmal mit Leben füllen würde!

Außerdem übergebe ich Dir mein Rezeptbuch. Isa-

bella scheint eine ausgeprägte Leidenschaft für die süßen Dinge im Leben zu haben und ist als Zuckerbäckerin überaus talentiert. Im Buch habe ich alle meine Kreationen aufgeschrieben. Auch das Originalrezept für den Apfeltaler. Diesen besonderen Apfelkuchen habe ich erfunden, als unser Vater starb.

Zippa hielt inne. Hatte die Tochter von Frau Rosenbusch nicht behauptet, der Apfeltaler sei eine Kreation ihrer Mutter? Angespannt las Zippa weiter:

Ich habe den Kuchen »Apfeltaler« genannt, weil er an den Modotti-Schatz erinnert, den Vater mir kurz vor seinem Tod gegeben hat. Er hat gesagt, dass er sich sehr schämt, weil er nie den Mut aufgebracht hat, sich noch einmal bei Dir zu melden. Der alte, sehr wertvolle Goldtaler wird bei den Modottis seit Generationen weitervererbt. Du sollst ihn nun haben.

Wieder stockte Zippa und ihr Herz schlug ihr bis zum Hals. War die alte Rosenbusch vielleicht deshalb eingebrochen? Wollte sie gar nicht das Rezeptbuch, sondern den Modotti-Schatz?

Erna hat übrigens eine Tochter, Clara Rosenbusch. An sie habe ich die Konditorei weitergegeben – sie macht das großartig! Ich weiß nicht, ob ich den Mut finde, ihr noch vor meinem Tod die ganze Wahrheit zu sagen. Denn dann müsste ich ihr auch sagen, dass ihre Mutter wegen des Apfeltaler-Rezepts lügt, aber gerade darauf ist Clara doch so stolz!

Auf jeden Fall bin ich nun sehr erleichtert, wenigstens Dir alles geschrieben zu haben. Wenn es einen Himmel gibt, dann treffen wir uns vielleicht einmal dort und können uns endlich kennenlernen. Das wäre schön!

In Liebe, Deine Anna

Unter dem letzten Gruß von Anna folgten ein paar weitere Zeilen. Zippa erkannte sofort Urmilas altertümliche Handschrift.

Liebe Zippa,

sei nicht traurig. Anna werde ich bestimmt im Himmel treffen, wo immer das auch ist, und bestimmt auch meinen Vater! Jetzt aber zur Schatzsuche: Bist Du bereit? Hier ist das letzte Rätsel, das Dich direkt zum Schatz bringt:

Hoppla! Ohren und Füße finden süße und goldene Grüße.

27

»Urmila, du spinnst!«

Nachdem Zippa den Brief noch ein zweites Mal gelesen hatte, schwirrten in ihrem Kopf unzählige Gedankenfetzen herum, die alle mit »Urmila, du spinnst« begannen und mit »Aus so einer ernsten Sache kann man doch keine Schatzsuche machen!« endeten.

Kurz überlegte Zippa, ihre Eltern anzurufen, doch dann entschied sie sich, lieber Max und Sonja um Hilfe zu bitten.

Zum Glück erwischte sie Max sofort, und bis er und Sonja kamen, blätterte Zippa noch einmal Urmilas Fotoalbum durch. Mittlerweile war sie mit der alten Handschrift so vertraut, dass sie alle Einträge nahezu mühelos entziffern konnte, aber sie fand keinen weiteren Hinweis.

Die Türglocke riss Zippa aus ihren Gedanken. Sie lief nach unten und öffnete.

Max und Sonja sahen sie neugierig an. »Wo sind eigentlich deine Eltern?«, wollte Max wissen.

»Die gucken sich Wohnungen an«, erklärte Zippa aufgeregt und schilderte Max und Sonja in schnellen Worten die Lage. »Ihr seht also, es ist dringend, und deshalb müssen wir jetzt auf der Stelle den Modotti-Schatz finden!«

»Glaubst du wirklich an diesen Schatz?« Sonja sah Zippa mit diesem »Erwachsenenblick« an, der Zippa bis vor Kurzem immer sofort wütend gemacht hatte. Jetzt aber hielt Zippa einfach nur Annas Brief in die Höhe. »Kommt mit in mein Zimmer. Dann lese ich euch das hier mal vor«, sagte sie.

Max pfiff laut durch die Zähne, als Zippa geendet hatte.

»So etwas Verrücktes habe ich noch nie gehört. Wenn das alles stimmt und es diesen wertvollen Taler wirklich gibt, dann kann der überall versteckt sein!«, sagte er verblüfft und Zippa nickte.

»Was sagt ihr zu dem Rätsel? Hat jemand eine Idee? Strengt eure Denkmuskeln an«, forderte sie ihre Freunde auf. »*Hoppla! Ohren und Füße finden süße und goldene Grüße.*«

Sie schrieb das Rätsel mit einem dicken Filzstift auf ein weißes Blatt.

»*Süße und goldene Grüße* ist leicht. Damit meint sie das Rezeptbuch und den Taler«, sagte Max und Zippa nickte. »Und wenn die Füße es finden, dann muss es irgendwo unten sein. Vielleicht im Keller? Aber was soll das mit den Ohren?«

Sie machten es sich zu dritt auf Zippas Sofa bequem und überlegten weiter.

»Was bedeutet eigentlich dieses *Hoppla* am Anfang?« Sonja runzelte die Brauen und sah sich den Zettel noch einmal an, auf den Zippa das Rätsel geschrieben hatte.

»Das ist wieder so eine typische Urmila-Albernheit. *Hoppelpoppel, hier kommt ein lustiges Rätsel!* Als wäre ich fünf Jahre alt.« Zippa grinste. Ihr Blick wanderte zum Fenster. »Und was ist, wenn die Rosenbusch alles schon längst gefunden hat?«, fragte sie leise.

»Dann würde sie Ruhe geben. So wie die sich benimmt, ist sie immer noch auf der Suche. Lasst uns noch einmal überlegen«, sagte Sonja bestimmt und stand auf. »Gibt es hier im Haus einen Raum, wo etwas rauscht, quietscht, knarrt oder sonst irgendeinen Lärm macht?«

Zippa dachte nach. »Im Keller, aber da habe ich

schon alles durchsucht. Da wohnen nur Spinnen und Kellerasseln. Und die bewachen bestimmt keinen Schatz.«

»Du könntest dieses Rätsel natürlich auch ins Internet stellen«, meinte Max, »dann bekommst du Tausende von Antworten. Vielleicht ist ja die passende dabei.«

»Ich weiß nicht«, meinte Zippa. »Vielleicht mache ich das als allerletzten Ausweg.«

»Bin ich eigentlich der Einzige, der Hunger hat?« Max rieb sich den Bauch. »Ich wollte gerade frühstücken, als du angerufen hast. Ich brauche dringend Treibstoff, sonst kann ich nicht denken!«

»In meinem Kühlschrank müssten noch Reste von dem Apfeltaler, den ich gestern gebacken habe, sein.«

»Perfekt!« Max sprang vom Sofa auf und stürmte die Treppe hoch in Zippas kleine Turmküche.

»Vorsicht«, warnte Zippa ihn noch, doch er stolperte prompt über die hohe Schwelle.

»Hoppla«, rief Sonja und hielt Max von hinten an der Schulter fest. Als er den Fuß von der Schwelle nahm, ertönte ein lautes Knarzen.

»Dieses Geräusch ist cool. Das hätte ich gerne als Klingelton«, meinte er lachend und zückte sein Smartphone. »Kann eine von euch noch einmal auf der Schwelle rumtreten?«

Zippa tat ihm den Gefallen und Max speicherte das Knarzen als Nachrichtenton. Sonja stand dabei und starrte wie gebannt auf das alte Stück Holz.

»Hoppla! Ohren und Füße finden süße und goldene Grüße«, sagte sie dann.

28

Zippa ließ sich auf die Knie herunter. Mit zitternden Fingern tastete sie das Holz der Schwelle ab. Konnte man sie anheben? Zippa zog daran, aber nichts tat sich.

»Lass mich mal.« Max legte sich flach auf den Boden des Turmzimmers, um sich die Schwelle anzusehen. »Hier ist ein Spalt. Ich brauche was zum Hebeln.«

Zippa sprang auf und sah sich im Raum um.

»Vielleicht den Rührlöffel?«, schlug Sonja vor.

»Der ist zu dick«, meinte Max. »Aber wartet, ich habe ja mein Taschenmesser.« Er fischte es aus seiner Hosentasche und klappte die kleine Feile aus. Dann steckte er sie in den Spalt und drückte. Das Holz ächzte und knarrte.

»Geschafft!«, jubelte Max. Das gewölbte Brett war locker und ließ sich seitlich verschieben. »Zippa, du musst nachsehen.«

Mit klopfendem Herzen kniete sich Zippa vor das Brett und drehte es.

»Da ist es!«, rief sie und rang nach Atem. Unter der Schwelle war eine Vertiefung, und darin lag ein kleines Büchlein in einem dunkelgrünen Leineneinband. *Rezepte* stand darauf in einfachen Goldlettern.

»Wow«, meinte Max und Sonja sog scharf Luft ein.

»Unglaublich!«, wisperte Zippa. Mit bebenden Händen barg sie das Büchlein aus seinem Versteck. Es war nicht größer als ein DIN-A5-Heft, nur dicker. Es glänzte speckig, und Zippa meinte sogar, den Geruch von ranziger Butter zu riechen, als sie es aufschlug.

»Ich weiß nicht, wie oft ich schon über diese Schwelle gestolpert bin«, sagte sie ergriffen und sah sich aufmerksam die Innenseite des Einbands an. Anna Modotti hatte mit Füller ihre Adresse hineingeschrieben. Auf dem ersten Blatt stand: *Pralinen, Trüffel, Torten und Petits Fours aus dem Hause Modotti.*

Zippa schlug andächtig die erste Seite um. Dabei fiel ihr ein roter Briefumschlag direkt in den Schoß. Er war schwer, und als Zippa ihn ergriff, fühlte sie, dass darin etwas Rundes, Festes war.

»Leute, ich kriege gleich einen Herzinfarkt«, flüsterte sie und öffnete den Umschlag. Ein dicker, schwerer Goldtaler glitt in ihre Hand.

»Wow«, rief Max.

»Ist das eine große Münze!«, staunte Sonja.

»Und sie ist richtig schwer«, sagte Zippa. Sie betrachteten den Goldtaler, der sehr alt zu sein schien, denn auf ihm war die Jahreszahl 1648 eingraviert. Außerdem waren der Name *Ferdinand* und das Gesicht eines alten Mannes darauf zu sehen. Behutsam drehte Zippa die Münze um.

»Das ist ein Adler mit zwei Köpfen«, sagte Max, der sich für alles interessierte, was mit Burgen und Rittern zu tun hatte. »Ich schätze mal, das ist ein echter Goldtaler.« Er nahm die Münze in die Hand und wog sie bedächtig. »Der ist bestimmt sehr wertvoll«, sagte er aufgeregt. »Ich gucke manchmal mit Papa zusammen so eine Sendung, wo Leute ihre Erbstücke zu einem Fachmann bringen und sie schätzen lassen. Ein solcher Taler war auch schon mal dabei, und der war über zwanzigtausend Euro wert!«

»Echt?«

Zippa schlug sich die Hand auf den Mund. Wenn das stimmte, dann konnten Mama und Papa von dem Geld die Wasserleitungen reparieren lassen! »Das ist der Wahnsinn«, stotterte sie.

»Finde ich auch«, sagte Sonja mit bewegter Stimme. »Hat deine Uroma dir noch etwas zu dem Schatz geschrieben? Vielleicht in dem Rezeptbuch?«

»Ich sehe nach.« Zippas Hände zitterten immer noch, als sie das Rezeptbuch durchblätterte. Doch es gab keinen weiteren Umschlag oder gefalteten Briefbogen mehr.

»Wie es scheint, sind der Modotti-Schatz und Annas Rezeptbuch wirklich Urmilas letzte Grüße«, sagte Zippa und spürte, wie ihr Tränen in die Augen stiegen. So viele Rezepte, die sie alle ausprobieren konnte! Gleich das erste Rezept war das für die berühmten Teufelsküsse, und daneben hatte Anna einen alten Zeitungsartikel eingeklebt, in dem über die besondere Kreation berichtet wurde.

Zippa blätterte weiter und hielt dann inne.

»*Feiner Apfelkuchen aus dem Hause Modotti (Apfeltaler)*«, las sie. »In den Teig und in die Füllung kommt noch je eine Prise Fenchelsamen, Kardamom, Muskatnuss und ein großer Esslöffel feinster Bienenhonig«, sagte sie dann und begann zu lachen. »Da wäre ich ja niemals draufgekommen. Bienenhonig zusätzlich zum Zucker!«

»Bevor du jetzt das ganze Rezeptbuch durchackerst, sag mir«, Max deutete auf den Boden, »ob du die Schwelle als dein Geheimversteck benutzen willst?«

»Na ja, ein echtes Geheimversteck ist es nicht mehr. Sonja und du kennen es ja jetzt«, meinte Zippa.

»Aber es ist ein Versteck, das deine Eltern und die Zwillinge nicht kennen.« Max schob die Schwelle wieder an die richtige Stelle und sah Zippa fragend an.

Sonja räusperte sich. »Ich finde, in der Modotti-Familie gab es schon genug Geheimnisse. Da muss Zippa nicht auch noch mitmachen.«

Mit einem leisen Knall klappte Zippa das Rezeptbuch zu und ließ die Münze wieder in den roten Umschlag rutschen.

»Okay«, entschied Zippa. »Sonja hat recht. Genug mit den Geheimnissen. Außerdem müssen wir noch überlegen, was wir mit der alten Hexe da drüben machen. Sie hat das Gerücht in die Welt gesetzt, dass Annas Apfeltaler ihre Idee war, und vielleicht hat sie sogar verhindert, dass Urmila und Anna sich kennenlernen. Außerdem hat sie immer noch einen Schlüssel für das Haus.« Zippa schüttelte verärgert ihre blonden Locken. »Ich weiß zwar noch nicht, wie, aber ich finde, das muss geklärt werden!«

29

»Ich muss mit euch reden.«

Zippas Eltern sahen ihre Tochter überrascht an.

»Am besten setzen wir uns alle auf die Terrasse.«

Ein paar Minuten später saß Familie Modotti einträchtig auf der Terrasse. Papa brachte noch ein Tablett mit Eisschokolade aus der Küche und im Kinderwagen machten die Zwillinge ihren Mittagsschlaf.

Zippa legte ein Fundstück nach dem anderen auf den Tisch. Zuerst kam der Brief dran, den Urmila ihr geschrieben hatte, als sie ihr die Kiste mit der goldenen Uhr, dem Kleid und dem Fotoalbum vererbte. Zippa las ihn ihren Eltern vor.

»Ich habe erst geglaubt, dass diese Schatzsuche wieder so eine typische Urmila-Schatzsuche wird, für die ich längst zu alt bin. Aber ich habe mich geirrt«, sagte sie dann und legte als Nächstes die Postkarte mit dem Bild der Konditorei Modotti auf den Tisch. Dazu erzählte sie alles über Anna, die alte und die junge Frau Rosenbusch und das Café.

»Deshalb warst du in Kreisheim«, stellte ihr Vater fest und schüttelte immerzu seinen Kopf.

»Als ich all das über Anna Modotti und Erna Rosenbusch erfahren habe, habe ich mir noch einmal Urmilas Fotoalbum vorgenommen. Ich wusste ja, dass sie im Album das erste Rätsel versteckt haben musste. Aber da habe ich noch gedacht, dass Urmila vielleicht nur das alte Rezeptbuch von Anna für mich versteckt hat.« Zippa legte das Fotoalbum auf den Tisch, klappte es auf und tippte auf das Foto, unter dem das Rätsel mit dem »Einband« stand.

»Hier ist das Rätsel, und als ich es gelöst hatte, habe ich diesen Brief gefunden.« Zippa hielt nun Annas Brief an Urmila in den Händen und reichte ihn ihrer Mutter.

Als die ihn nun laut vorlas, brach Papa immer wieder in erstaunte Ausrufe aus. »Unglaublich! Mila hat tatsächlich immer gesagt, der Modotti-Schatz sei ein goldener Taler, der schon seit Generationen von einem Modotti zum nächsten vererbt wird. Ich habe ihr aber nie geglaubt! Ist das wirklich ein echter Brief von Anna Modotti an Mila?«

Zippa nickte und die Aufregung in ihrem Bauch wurde stärker.

»Papa, unsere Urmila hat sich das mit dem Schatz nicht ausgedacht«, sagte sie mit bebender Stimme und reichte ihrem Vater die Goldmünze.

»Woher hast du das?«, rief Papa. Seine Augen wurden riesig wie Untertassen.

»Den habe ich zusammen mit Max und Sonja in einem Geheimversteck im Turmzimmer gefunden. Und ich glaube, auf den Goldtaler und auf das Rezeptbuch ist die alte Rosenbusch total versessen«, beschloss Zippa ihren Bericht und legte auch noch Annas Buch auf den Tisch.

Ihre Eltern kamen aus dem Staunen nicht mehr heraus, und als Papa im Internet nachschaute, geriet er förmlich aus dem Häuschen. »Hier steht, dass solche Münzen sehr selten sind. Wenn diese Münze wirklich echt ist, ist sie mehr als fünfundzwanzigtausend Euro wert!«

»Wirklich? Das wäre ja mehr Geld, als die Renovierungsarbeiten kosten würden!«, rief Zippas Mutter aus.

Zippa musste sich beherrschen, um nicht aufzuspringen und laut jubelnd durch das Haus zu hüpfen. »Dann können wir in der Villa Modotti bleiben, nicht wahr?«, sagte sie.

Ihre Eltern sahen sich an, dann antwortete Papa:

»Ja, das würden wir gerne. Wenn die Münze echt ist, dann werden wir außerdem ein großes Villa-Modotti-Fest veranstalten!«

Zippa fiel ihren Eltern um den Hals.

»Und jetzt«, sagte Mama und stand auf, »gehe ich zu Frau Rosenbusch rüber und verlange den Schlüssel, den sie zu unserem Haus hat!«

»Warte, da komme ich mit.« Papa nickte entschlossen. »Zippa, kümmere dich bitte um die Zwillinge, wenn sie aufwachen. Wir sind gleich wieder zurück.«

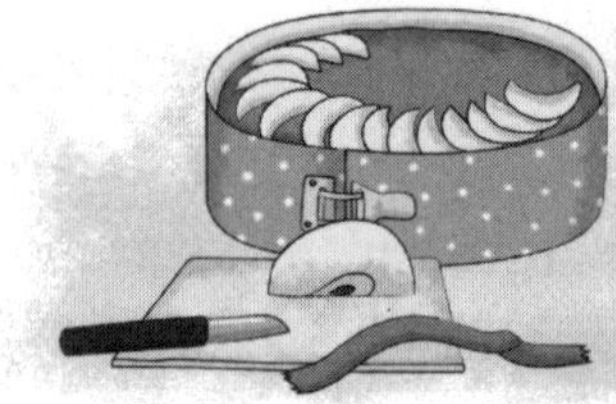

30

»Die hat sie doch nicht mehr alle!«

Zippa behielt recht mit ihrer Vermutung, dass man mit der alten Rosenbusch nicht vernünftig reden konnte. Ihre Eltern kamen schon zehn Minuten später ziemlich aufgebracht zurück.

Besonders Mama regte sich auf. »Die spinnt wirklich!«

»Du hast doch selbst gesagt, dass die alte Frau senil ist«, versuchte Papa sie zu beruhigen.

»Aber so geht es doch nicht. Mich zu beschuldigen, dass ich eine schamlose Räuberin sei und du ein dreckiger … das kann ich hier gar nicht wiederholen.« Mamas Wangen waren gerötet und sie strich sich eine hellblonde Strähne aus dem Gesicht.

Zippa hielt Julius auf dem Schoß und sah ihre

Mutter überrascht an. »Mama, du siehst total jung aus«, platzte es aus ihr heraus.

Ihre Eltern sahen sie an und dann nahm ihre Mutter sie spontan in den Arm.

»Ach Zippa«, sagte sie. »Jetzt kann ich gut verstehen, warum du dich die ganze Zeit über Frau Rosenbusch aufgeregt hast. Diese Frau ist wirklich boshaft! Ich weiß gar nicht, wie wir den Schlüssel von ihr bekommen sollen. Vielleicht müssen wir nicht nur die Wasserleitungen erneuern, sondern auch das Haustürschloss.«

»Lasst mich das mit der Frau Rosenbusch klären«, sagte Zippa zu ihren Eltern. »Ich habe eine Idee.«

»Aber du planst nichts Kriminelles oder so?«, versicherte sich ihr Vater.

»Und auch nichts mit Erschrecken. Die alte Frau könnte einen Herzinfarkt bekommen!«, fügte ihre Mutter hinzu.

»Keine Panik, ich werde nur mit dem Backgeschirr rasseln«, beruhigte Zippa ihre Eltern, und dann fiel ihr noch ein, was Sonja ihr vorgeschlagen hatte. »Gegen ein bisschen Taschengeldzuschuss könnte ich übrigens auch öfter mal den Babysitter geben.«

»Abgemacht«, rief Mama und strahlte über das ganze Gesicht.

Am nächsten Tag zog Zippa zum Einkaufen los und steuerte die Backwarenabteilung an. Dort lud sie Butter, Mehl, Zucker, Eier, Äpfel, diverse Gewürze und ein Glas besten Bienenhonig in ihren Wagen. In ihrer Turmküche bereitete sie anschließend alles vor und dann rief sie Max an.

»Ich möchte heute die alte Rosenbusch etwas unter Druck setzen, damit sie unseren Hausschlüssel rausrückt«, erklärte sie ihm am Telefon. »Habt ihr, Sonja und du, vielleicht Lust mitzumachen?«

»Ich komme sofort, aber Sonja kann nicht. Sie fährt mit meiner Mutter in die Klinik zu Tante Inge«, meinte Max.

»Oh«, sagte Zippa. »Verstehe. Richte ihr aus, dass wir auch am Wochenende was zusammen machen können. Zur Ablenkung!«

»Mach ich.«

Eine Dreiviertelstunde später stand Max neben Zippa in der kleinen Turmküche und sah ihr dabei zu, wie sie Butter mit dem Zucker so lange verrührte, bis eine goldgelbe Creme entstanden war.

»Was genau ist denn jetzt der Plan?«, fragte er.

»Mit meiner Backkunst werde ich der alten Rosenbusch eine Lektion erteilen«, entgegnete Zippa und ihre Augen blitzten.

»Willst du in den Teig was reinmischen?« Skeptisch beobachtete Max Zippa beim Rühren.

»Jep. Ameisengift und Tabak.«

»Quatsch!«, sagte Max verwirrt.

»Natürlich Quatsch«, stimmte Zippa ihm lachend zu. Sie schaltete den Mixer ein und schlug Eiweiß und Staubzucker zu einer glänzenden Masse. Max tauchte seinen Finger hinein und steckte ihn sich genüsslich in den Mund. Zippa hinderte ihn daran, es ein zweites Mal zu tun. »Das ist unhygienisch«, tadelte sie ihn. »Könntest du mir einen Gefallen tun?«

»Als hygienischer Verkoster stehe ich auch zur Verfügung!«, antwortete Max und zückte einen Löffel.

»Könntest du unten am Drucker von meinem Papa was einscannen und ausdrucken? Das Apfeltaler-Rezept.« Zippa schob Max das aufgeschlagene Rezeptbuch hin.

»Gehört das zu deinem Plan?«, wollte Max wissen.

»Jep«, sagte Zippa augenzwinkernd.

Nach ein paar Minuten kam Max wieder und legte Zippa das ausgedruckte Blatt auf den Tisch. Zippa nickte zufrieden und streckte ihm einen Löffel süßen Teig entgegen.

Der Duft des Apfelkuchens zog durch Zippas Zimmer.

»Mmh, riecht das lecker!« Max rieb sich den Bauch. »Ich hoffe, ich werde jetzt auch als Apfeltaler-Verkoster benötigt!«

Zippa lief hoch in den Turm, und im letzten Augenblick dachte sie noch daran, ihren Fuß zu heben, um nicht über die Türschwelle zu stolpern. Der goldgelbe große Apfeltaler sah aus wie aus der Konditorei und Zippa war sehr zufrieden mit ihrem Werk.

»Und so was Leckeres willst du der Alten in den Rachen schieben?« Max schüttelte ungläubig den Kopf.

»Jetzt muss ich ihr nur noch eine Nachricht schreiben«, sagte Zippa und schnappte sich einen Kugelschreiber. Auf die Rückseite des ausgedruckten Rezepts schrieb sie Folgendes:

Hallo Frau Rosenbusch!

Probieren Sie doch bitte diesen Apfeltaler!

Es ist der Beweis dafür, dass das Vermächtnis meiner Urgroßtante Anna Modotti in guten Händen ist, denn ich habe das Backtalent von ihr geerbt. Wenn Sie mir unseren Haustürschlüssel bringen und endlich aufhören, Lügen zu verbreiten, werden meine Eltern Sie nicht wegen Einbruchs anzeigen. Wir wissen, dass Sie bei uns im Haus waren.

Isabella Modotti

»Hey«, rief Max, der Zippa beim Aufschreiben über die Schulter geschaut hatte. »Warum unterschreibst du mit Isabella?«

Zippa kroch die Röte bis in die Ohrläppchen. »Ich, äh«, stotterte sie, »dieser Brief soll der Rosenbusch ja irgendwie Respekt einflößen.«

»Aha«, sagte Max langsam, und Zippa sah ihm an, dass er sie nicht verstand.

»Also, eine Konditorin, die Zippa heißt, nimmt man nicht so ernst wie eine, die Isabella heißt.«

Max zog seine Stirn in Falten. »Soll ich dich ab jetzt auch immer Isabella nennen?«

»Untersteh dich!«

»Puh«, meinte Max und wischte sich imaginären Schweiß von der Stirn. »Für mich bist und bleibst du einfach Zippa!«

31

»Auf in den Kampf!«

Es war schon später Nachmittag, als Zippa zusammen mit Max zu Frau Rosenbusch hinüberging. Den duftenden Apfeltaler trug sie auf einem großen Teller.

Jetzt, wo sie sich dem Haus näherten, überkam Zippa kribbelige Aufregung. »Hoffentlich begegnen wir ihr nicht«, flüsterte sie Max zu.

Der zuckte nur mit den Schultern und sagte in normaler Lautstärke. »Warum nicht? Ich habe keine Angst vor der.«

»Du hast sie bisher auch immer nur von Weitem gesehen«, zischte Zippa und dann stellte sie behutsam den Teller direkt vor die Tür. Max legte den Briefumschlag dazu und drückte anschließend auf den Klingelknopf.

Zippa sprintete zurück und Max folgte ihr in provozierend langsamen Schritten. Sie versteckte sich hinter einem ausladenden Busch in Zippas Garten. Dass die Rosenbusch zu Hause war, wusste Zippa. Sie hatte sie erst ein paar Minuten vorher hinter der grauen Tür verschwinden sehen.

»Was wird das denn?«, ertönte plötzlich Papas Stimme hinter ihnen.

Zippa zuckte zusammen und Max verschluckte sich vor Schreck fast an seinem Kaugummi.

»Papa, versteck dich bitte!«, rief Zippa leise, und in diesem Moment öffnete sich auch schon die graue Tür.

»Ihr habt hoffentlich keine Stinkbombe gelegt«, flüsterte Papa, während sie gemeinsam beobachteten, wie die alte Rosenbusch sich langsam bückte und den Teller samt Umschlag aufhob. Dann blieb sie stehen und blickte sich um.

»Quatsch. Ich habe ihr nur einen Apfeltaler gebacken«, flüsterte Zippa zurück. »Und ihr außerdem mit einer Anzeige wegen Einbruchs gedroht, wenn sie den Schlüssel nicht rausrückt«, fügte sie kleinlaut hinzu.

»Du hast *was?*« Papa blickte sie überrascht an.

»Pssst!«

Zippa starrte gespannt auf die alte Frau, die nun, als sie niemanden entdecken konnte, mit Umschlag und Kuchen im Haus verschwand.

Papa stand auf, klopfte sich die Hose ab und sagte: »Ich bin beeindruckt. Auf die Idee, ihr mit einer Anzeige zu drohen, bin ich auch schon gekommen, aber so ist die ganze Sache natürlich noch viel …« Zippas Vater suchte nach Worten und Max sagte: »Zippamäßiger.«

»Ich habe übrigens eine gute Nachricht«, sagte Papa fröhlich. »Die Münze scheint echt zu sein. Ich war heute nach der Arbeit beim Juwelier in der Stadt. Er zeigt sie jetzt einem Experten.«

»Juchhe!«, freute sich Zippa, packte Max am Arm und vollführte mit ihm einen Freudentanz um das verwilderte Rosenbeet im Vorgarten. »Wir müssen eine Party schmeißen!«

»Ja«, sagte Papa. »Lade doch Max, Sonja und noch ein paar Freunde ein. Dann feiern wir am Wochenende auch gleich deinen Geburtstag nach.«

Am Abend, als Zippa zu Bett ging, sah sie noch einmal aus dem Fenster. Hinter einem der Dachfenster des Nachbarhauses brannte Licht. Ob die Alte dort saß und überlegte, was sie tun sollte? Oder schmiedete sie vielleicht Rachepläne? Was, wenn sie doch noch einmal ins Haus einbrach, um sich das Rezeptbuch zu holen?

In Zippas Kopf herrschte Gedankenwildwuchs und sekündlich kam eine Idee dazu. »Am Ende kommt sie noch auf die Idee, die Zwillinge zu entführen und uns zu erpressen, damit wir ihr das Buch geben!«, flüsterte Zippa in die Dunkelheit und eine Gänsehaut lief ihr über den Rücken.

Entschlossen schälte sie sich aus dem Bett, nahm ein paar Glasmurmeln aus ihrem Krimskrams-Schubfach und schlich leise nach unten. Dann stellte sie einen Hocker in den Windfang direkt hinter die Haustür und legte die Murmeln darauf. Dabei musste sie aufpassen, dass keine versehentlich herunterkullerte und Lärm machte. Genau das würden die Murmeln nämlich tun, so Zippas Plan, falls sich die Rosenbusch in der Nacht Zutritt verschaffen und die Tür gegen den Hocker stoßen würde.

Wenige Minuten später lehnte Zippa ihre Zimmertür an, kuschelte sich wieder ins Bett und schlief sofort ein.

Ein Teig, so groß wie ein Mensch, hatte sich gerade im Traum wie eine zweite Haut warm und angenehm glatt um Zippa gelegt, als sie aufwachte. Benommen sah sie sich um und dann hörte sie es. Murmeln, die auf Fliesen knallten und hüpfend davonrollten!

Kerzengerade und steif wie ein Brett saß Zippa in ihrem Bett auf.

Ihr Herz raste und ihre Knie zitterten, als sie aufstand und ins Treppenhaus lauschte. Jemand war an der Tür zugange, eindeutig! Und jetzt hörte sie auch eine zischende Stimme. Was die sagte, konnte sie nicht verstehen. Es klang wie ein unterdrückter Fluch. Der Hocker wurde geräuschvoll verschoben und eine weitere Murmel landete mit einem Knall auf dem Boden.

Zippa schlich langsam die Treppen nach unten. Dann zögerte sie. Was sollte sie tun? Krach schlagen oder die Rosenbusch irgendwie festhalten?

Wenn ich sie auf frischer Tat beim Einbruch ertappe, könnte Papa ihr sicher den Schlüssel abnehmen, entschied Zippa und schlich mutig weiter.

Jetzt ertönte ein Schnauben. Zippa hielt den Atem an. Sie stand nun in der Diele. Die Zwischentür, die zum schmalen Flur führte, war angelehnt. Ihr Herz klopfte bis zum Hals, als sie sich auf Zehenspitzen der Tür näherte. Sie hörte ein *Klack,* und die zuvor nur spärlich beleuchtete Diele wurde plötzlich in helles Licht getaucht. Im gleichen Moment stießen Zippa und ihre Mutter zusammen und beiden entfuhr ein lauter Schrei.

»Was machst du denn hier?« Zippas Mutter war die Erste, die ihre Fassung wiederfand.

»Ich dachte, du bist die alte Rosenbusch! Ich wollte sie auf frischer Tat ertappen!«, keuchte Zippa.

»Ich habe nur die Mülltonnen rausgestellt. Ich habe schlecht geschlafen, da ist mir eingefallen, dass ich das vergessen hatte.« Mama seufzte. »Zippa, warum hast du uns nicht gesagt, dass du befürchtest, Frau Rosenbusch könnte heute Nacht wieder bei uns einbrechen?«

»Ihr habt schon geschlafen. Tut mir leid, dass du über den Hocker gefallen bist.«

»Zippa, wenn die alte Dame den Schlüssel nicht rausrückt, dann werden wir ein neues Schloss einbauen lassen«, beschwichtigte ihre Mutter sie. »Papa und ich wollen ja auch nicht, dass sie hier herumgeistert. Das geht eindeutig zu weit. Und jetzt ab ins Bett.«

Am nächsten Tag behielt Zippa den Garten und das Haus der Rosenbusch ständig im Auge, aber die Alte ließ sich nicht blicken. Erst gegen Abend tat sich etwas. Ein himbeerfarbener Kombi parkte direkt vor ihrem Haus. Bisher hatte Zippa noch nie mitbekommen, dass die alte Frau Besuch bekam.

Eine Stunde später klingelte es, und Zippas Herz

tat einen erfreuten Hüpfer, als sie der netten Konditoreibesitzerin, der jungen Frau Rosenbusch, die Tür öffnete.

»Guten Abend, ich hoffe, ich störe nicht beim Abendessen?«, sagte sie und streckte Zippas Vater, der hinter seine Tochter getreten war, zur Begrüßung die Hand entgegen. »Mein Name ist Clara Rosenbusch. Ich bin die Tochter Ihrer Nachbarin und würde Sie gerne kurz sprechen.«

»Nur hereinspaziert.« Papa führte die Besucherin ins Wohnzimmer. Zippa folgte den beiden.

»Entschuldigen Sie das Chaos«, entschuldigte Papa sich, während Zippa eilig verstreute Bälle, Plastikringe und anderes Spielzeug der Zwillinge aus dem Weg räumte.

»*Ich* muss *Sie* um Entschuldigung bitten für meinen Überfall«, wehrte Frau Rosenbusch lebhaft ab und sah sich interessiert um. »Wie gemütlich Sie das hier eingerichtet haben. Der Raum wirkt gleich viel größer!«

»Bitte setzen Sie sich doch.« Papa wies auf das Sofa.

»Danke. Es ist mir unendlich unangenehm, was Sie mit meiner Mutter mitmachen. Deshalb bin ich hier.« Frau Rosenbusch junior legte einen losen Schlüssel auf den Tisch. »Das hier ist Ihr Haustürschlüssel, den meine Mutter noch hatte. Ich möchte mich wirklich vielmals entschuldigen. Ich hatte nicht damit gerechnet, dass meine Mutter so unvernünftig ist.«

»Wir wissen ja gar nicht, ob sie wirklich im Haus war in der besagten Nacht«, sagte Papa beschwichtigend. Zippa sah ihn streng an. »Aber es ist gut möglich«, fügte er schnell hinzu. »Ist denn Ihre Mutter so unglücklich darüber, dass wir das Haus geerbt haben?«

»Ach, das Haus interessiert sie gar nicht. Es geht ihr nur um die Rezepte. Der Apfeltaler ist übrigens vorzüglich. Besser bekomme ich ihn auch nicht hin. Hast du den gebacken, Zippa? Ich könnte dich glatt bei mir einstellen.«

Zippa nickte stolz und ihre Wangen wurden ganz heiß.

»Ich habe den Brief gelesen, den du meiner Mutter geschrieben hast. Ich bin etwas verwirrt. Meine Mutter hat immer behauptet, dass sie das Apfeltaler-Rezept erfunden hätte. Nun sehe ich die Kopie des handgeschriebenen Rezepts aus Annas Buch. Kann ich vielleicht einmal das Original sehen? Hast du das hier?«

»Natürlich, gern.« Zippa überreichte Frau Rosenbusch das Buch.

»Oh ja, das ist es«, sagte Clara Rosenbusch und ihre Augen füllten sich mit Tränen. »Wo war das Buch denn die ganze Zeit?«

Zippa räusperte sich. »Es lag in einem Versteck«, sagte sie vage und hoffte, ihr Besuch würde nicht weiter nachhaken. Dieses »Schwellengeheimnis«, wie Max es getauft hatte, musste ja nicht jeder kennen, fand sie.

Aufmerksam las Clara Rosenbusch das Apfeltaler-Rezept, und Zippa erzählte ihr nun auch, was Anna Urmila darüber geschrieben hatte.

»Warum nur hat meine Mutter immer behauptet, dass sie sich das Rezept ausgedacht hat? Die beiden hatten in den letzten Jahren immer wieder Streit, und ich wusste nie, warum.« Frau Rosenbusch runzelte die Stirn.

»Vielleicht«, sagte Zippas Vater nachdenklich, »war Ihre Mutter immer neidisch auf Anna, weil sie so erfolgreich war.«

Clara Rosenbusch seufzte tief. »Da könnte was dran sein«, sagte sie und versuchte ein Lächeln. »Ich glaube, jetzt muss ich wieder nach drüben gehen. Meine Mutter steht dort und schaut herüber.« Sie deutete aus dem Fenster, von dem aus man die Eingangstür des Nachbarhauses sah. Dort stand die Alte und starrte herüber.

In der Haustür drehte sich Frau Rosenbusch noch einmal um. »Ihr könnt mich jederzeit im Café besuchen, ich würde mich freuen! Du kannst mich auch gerne kontaktieren, Zippa, wenn du beim Herstellen der vielen Modotti-Kreationen fachlichen Rat benötigst.«

»Au ja, sehr gerne«, freute sich Zippa und ihr Vater fügte hinzu: »Wir werden ganz sicher kommen. Ich muss das Café unbedingt kennenlernen!«

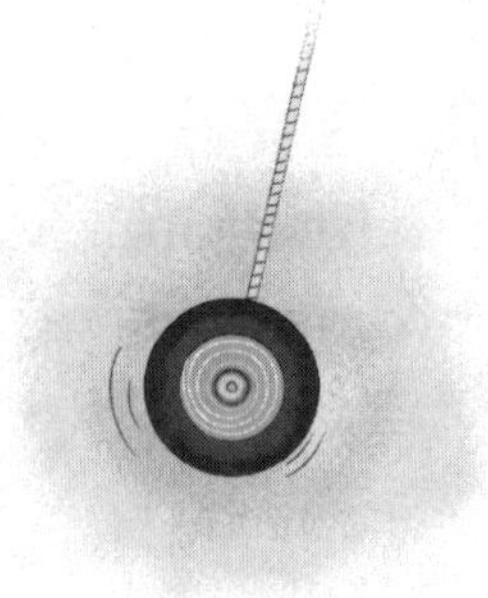

32

»Und du traust dem Frieden?«

Max lümmelte auf Zippas Sofa und steckte sich ein letztes Stück Schokolade in den Mund. Zippa hatte nicht mitgezählt, aber sie schätzte, dass Max mindestens vier Riegel verdrückt hatte.

»Heute Vormittag war die alte Rosenbusch megafreundlich. Hat meiner Mutter sogar Pralinen gebracht«, entgegnete Zippa und grinste. Vielleicht sollte sie Max eine der Pralinen anbieten? So verfressen, wie der war, ließ er sich wahrscheinlich auf das Experiment ein.

»Die hatte also wirklich einen Schlüssel zu eurem Haus!« Sonja löste sich vom Fenster, gegen das dicke Regentropfen platschten, und setzte sich zu Zippa und Max. Sie hatte keine der Süßigkeiten angerührt, die auf Zippas kleinem Couchtisch standen.

»Ja, hatte sie. Und sie hat auch zugegeben, dass sie hier in der Nacht nach dem Buch gesucht hat.«

»Das ist schon hammerhart«, murmelte Sonja. Sie wirkte zerstreut. Zippa sah Max fragend an, der zuckte nur mit den Schultern.

»Hast du vielleicht Lust auf ein Stück Apfeltaler?«, versuchte Zippa Sonja aufzumuntern.

»Sorry, der schmeckt sicher toll. Aber ich kriege nichts runter. Ab Sonntag seid ihr mich übrigens los.«

»Wie?« Zippa und Max sahen Sonja erstaunt an.

»Mama hat eine Wohnung gefunden.«

»Du ziehst um?«

»Mit Mama in eine kleine Wohnung.« Sonja sah auf ihre lila lackierten Fußnägel und schluckte.

»Können du und deine Mutter nicht in eurem Haus bleiben?«

»Inge kann da nicht mehr sein. Nicht nach allem, was passiert ist. Sie braucht einen radikalen Neuanfang, sagt sie.« Sonja versagte die Stimme, sie musste mehrmals schlucken, räusperte sich und fuhr fort: »Morgen packen wir unsere Sachen. Nicht gleich alles, aber das Nötigste.«

Der Regen trommelte jetzt noch lauter gegen die Fensterscheiben, als ob er Sonjas Worten Nachdruck verleihen wollte.

»Und wo ist die neue Wohnung?«, wollte Zippa wissen.

»In Kreisheim«, antwortete Sonja.

»Was? Aber was ist mit der Schule?« Max machte große Augen.

»Na ja, es fährt doch ein Bus«, mischte sich Zippa ein. »Wohnst du dann mitten in der Stadt?«

»Hm«, nickte Sonja.

»Das hat ja auch Vorteile«, wandte Max ein. »Spätestens wenn wir auch mal abends ausgehen dürfen, wird Sonja diejenige sein, die am längsten durch die Clubs ziehen kann.«

Zippa sah Max von der Seite an. Klar, er war ein Dreivierteljahr älter als sie und wurde im Herbst schon dreizehn, aber dass er schon von Clubbesuchen träumte, war ihr neu.

»Und die vielen Klamottenläden erst. Du kannst shoppen ohne Ende«, pflichtete Zippa Max bei.

»Stimmt. In Kreisheim gibt es sogar diesen genialen Schuhladen – *forwomenonly*. Wir sind dran vorbeigekommen.« Sonja sagte das ohne große Begeisterung.

»Sollen wir dir beim Ausräumen helfen?«

»Das mache ich lieber alleine«, wehrte Sonja ab und versuchte ein Lächeln.

Zippa lächelte zurück. Sie konnte gut verstehen, dass Sonja ihre Ruhe haben wollte.

»Du wolltest mir doch mal das Kleid zeigen, das deine Uroma dir vererbt hat«, erinnerte sich Sonja.

Zippa öffnete ihren Kleiderschrank und zog es heraus. Max hielt zum Glück seine Klappe, als sie es hochhielt.

»Das steht dir sicher super«, meinte Sonja. »Deine Uroma hatte echt Geschmack.«

»Urmila war ein bisschen verrückt und ihre Kleider waren auch immer ganz schön ausgefallen«, sagte Zippa, und dann nahm sie sich vor, das Kleid auf ihrer Nach-Geburtstagsfeier am kommenden Samstag zu tragen.

»Du siehst Mila sehr ähnlich«, bemerkte ihr Vater, als Zippa sich am Samstagnachmittag in ihrem Erbstück präsentierte. Aus Ermangelung an zum Kleid passenden Schuhen – Zippa besaß nur Chucks, Trekkingsandalen und Turnschuhe –, lief sie barfuß. Sie fühlte sich zwar nicht superwohl in dem ungewohnten Aufzug, aber immer wenn sie an einem Spiegel vorbeikam, gefiel ihr, was sie sah.

Ihre Mitschülerinnen kriegten sich alle nicht ein, als sie Zippa begrüßten, und jede versicherte ihr, wie gut ihr das Kleid stehen würde. Max sagte nichts, pfiff aber anerkennend, und Zippa hatte den Eindruck, dass er sie öfter verstohlen anschaute.

Die nachträgliche Geburtstagsfeier mit Pizza bis zum Abwinken, einer Schokotorte und natürlich einem großen goldgelben Apfeltaler aus Zippas Herstellung wurde ein rauschendes Fest. Endlich kamen auch die alten Lampions zum Einsatz und der Höhepunkt des Abends wurde eine Jo-Jo-Trick-Show.

Max hatte den kniffligen Two-Handed-Star-Trick gelernt, bei dem er einen fünfzackigen Stern aus der Schnur des Jo-Jos bildete, während das Jo-Jo sich drehte.

»Der ist für dich, Zippa. Dein Geburtstagsstern. Und damit du ihn immer hast, werde ich dir den Trick beibringen«, sagte er.

»Hoffentlich hast du mit Zippa mehr Geduld als mit mir«, sagte Sonja lachend, die nun den Spaghetti-Trick richtig gut beherrschte.

Zippa führte als Krönung der Show den Man-on-the-Flying-Trapeze-Trick vor und verkündete feierlich: »Jo-Jo werde ich immer spielen, egal, wie alt ich werde!«

»Zippa, die Jo-Jo-Uroma«, witzelte Max und Zippa musste wieder an die alte Rosenbusch denken. Ob sie den Trubel im Hause Modotti beobachtete?

Später am Abend, als alle bis auf Sonja und Max gegangen waren, lief sie noch einmal in den Garten, um Leos Kuschelbär aus dem Kinderwagen zu holen. Plötzlich erschien die alte Rosenbusch am Zaun und winkte. Zögernd trat Zippa näher und war froh, dass die Terrassenbeleuchtung und die Lampions auch den hinteren Teil des Gartens etwas erhellten. Die Alte streckte ihr einen Blümchenteller mit Pralinen über den Zaun entgegen.

»Frische Teufelsküsse, Nougatinies und eine ganz spezielle Kreation von mir. Sie heißen Annarosen.«

Zippa sah auf den Teller. Darauf lagen zwei dunkle Trüffel, die Teufelsküsse, zwei hellbraune Pralinen in Herzform und hellrot überzogene Kugeln.

»Und was ist in den Annarosen drin?«, fragte sie aus Höflichkeit und weil ihr nichts Besseres einfiel.

»Du bist ja eine ganz Ausgekochte! Willst mein Rezept stehlen!«, fauchte sie die Rosenbusch an. »Betriebsspionage nennt man so was.« Brüsk kehrte sie Zippa den Rücken zu und stapfte samt ihren Pralinen davon.

Zippa konnte sich gerade noch verkneifen, lauthals loszulachen. Die Rosenbusch war wirklich eine Marke!

Später dann, kurz nach Mitternacht, lagen Max und Sonja auf zwei Gästematratzen neben Zippas Bett und unterhielten sich.

»Ich muss euch noch was zeigen.« Zippa schwang sich aus dem Bett und holte ihren Notizblock.

»So soll mal mein Logo aussehen, wenn ich meine eigenen Tutorials mache.«

»Wie genial, ist das eine Jo-Jo-Torte?«, staunte Max.

Zippa nickte. »Eigentlich wollte ich dir die Torte erst zu deinem Geburtstag als Überraschung präsentieren, aber so lange kann ich Geheimnisse nicht für mich behalten.«

»Und über was soll dein erstes Tutorial gehen?«, fragte Sonja.

»Vielleicht über das Apfelkuchengeheimnis, Teufelsküsse und andere Katastrophen«, überlegte Zippa.

»Katastrophen? Klingt anstrengend«, murmelte Max gähnend.

»Stimmt. Aber wenn du die Katastrophen gemeistert hast, fühlst du dich wie ein Superheld!«

»Meinst du wirklich?« Sonjas Stimme klang zweifelnd.

»Hundertpro!«

Der Apfeltaler aus dem Hause Modotti

Zutaten:

Mürbteig für Boden und Deckel:
300 g Mehl
2 Teelöffel Backpulver
1 Prise Salz
100 g Zucker
½ Teelöffel zerriebene oder gemahlene Fenchelsamen (Mörser benutzen oder Gewürzmühle)
1 Prise geriebene Muskatnuss

abgeriebene Schale einer halben Biozitrone
150 g kalte Butter
1 Esslöffel flüssiger feinster Bienenhonig
1 ganzes Ei und 1 Eigelb

Füllung:
ca. 900 g säuerliche Äpfel (z. B. Boskop)
40 g Zucker
Saft einer halben Zitrone
½ Teelöffel gemahlener Kardamom
½ Teelöffel gemahlener Zimt

Außerdem:
1 Eigelb zum Bestreichen
Tarteform
Backpapier (am besten rundes)

Zuerst für die Füllung die Äpfel schälen und klein schneiden. Den Zitronensaft über die Äpfel gießen, dann Zucker mit Kardamom und Zimt vermischen und über die Masse streuen. Alles gut durchmischen. Durchziehen lassen, solange der Teig zubereitet wird.

Für den Teig das Mehl mit dem Backpulver und dem Salz vermischen. Die kalte Butter in Würfel schneiden und mit den Händen in die Mehlmischung einarbeiten, bis kleine Streusel entstehen. Dann den Zucker dazugeben und ebenfalls einarbeiten.

Das Ei und das Eigelb mit einer Gabel leicht verquirlen, den Honig, die abgeriebene Zitronenschale, Muskatnuss und die gemahlenen Fenchelsamen zugeben. Die Ei-Masse in die Mehlmischung geben und alles ordentlich zu einem Teig verkneten. Das kann man mit den Händen machen, aber auch mit einer elektrischen Rührmaschine. Zippa benutzt dazu die Knethaken.

Den fertigen Teig in Frischhaltefolie wickeln und mindestens 20 Minuten im Kühlschrank ruhen lassen.

Die Tarteform mit Backpapier auslegen (am besten klappt das mit vorgeschnittenem rundem Backpapier) oder mit Butter einfetten und anschließend mit Mehl bestäuben. Den Backofen auf 170 °C Umluft oder 200 °C Ober- und Unterhitze vorheizen.

Nach der Ruhepause den Teig aus dem Kühlschrank nehmen und mit einem glatten Messer in zwei Hälften teilen. Die Hälfte, die etwas größer geraten ist, für den Boden verwenden: Einfach mit einem Nudelholz ausrollen und immer wieder mit Mehl bestäuben, damit der Teig nicht kleben bleibt. Wenn er etwa die Größe der Tarteform hat, vorsichtig anheben (das klappt gut, indem man den Teig über das Nudelholz aufrollt) und in die Tarteform legen. Wenn Teig über den Rand steht, einfach abschneiden und wegnaschen. Die Apfelfüllung auf dem Teigboden verteilen.

Den restlichen Teig für den Deckel ausrollen und vorsichtig über die Füllung legen. Überstehende Ränder abschneiden und entweder naschen oder daraus kleine Blätter formen, mit denen man den Kuchen verzieren kann.

Den Deckel sorgfältig mit Eigelb bestreichen – so bekommt der Apfeltaler seinen goldenen Glanz – und anschließend ein paar Mal mit einer Gabel einstechen, damit die Luft beim Backen entweichen kann und sich der Deckel nicht ausbeult.

Den Apfeltaler im Backofen ca. 35 Minuten goldgelb backen. Den Kuchen nach ca. 20 Minuten mit Alufolie abdecken, damit der Deckel nicht zu schnell dunkel wird.

Der Apfeltaler schmeckt warm sehr lecker, aber auch noch nach zwei Tagen, wenn er so richtig durchgezogen ist. Geschlagene Sahne passt sehr gut dazu!

© Shawn Rush, Philadelphia

Juliane Breinl wuchs in den Siebzigerjahren in Leipzig auf und verfasste erste Geschichten. Auch in ihrer Teenagerzeit in Mainz gehörte Schreiben lange zu ihrem Alltag, bis sie sich aber mehr der Musik zuwandte und nebenher zur Mezzosopranistin ausbilden ließ.

Nach ihrem Neurolinguistikstudium in Frankfurt a. M. und Bielefeld arbeitete sie dann im Landkreis Ebersberg als Sprach-, Sprech- und Stimmtherapeutin und ihre zwei Kinder brachten sie zum Schreiben zurück.

Als 2011 ihr erstes Kinderbuch erschien, dem bald ein Jugendbuch folgte, machte sie ihr Hobby zum Beruf. Sie arbeitet seitdem als freie Autorin, Dozentin und Sprech- und Stimmcoach in München.

Das Hotel der verzauberten Träume

Im malerischen Strandhotel der Apfel-Schwestern gehen magische Dinge vor sich. Das hat Joëlle in den Ferien herausgefunden. Die Schwestern sind nämlich Traumfängerinnen, die die Bewohner der kleinen Stadt von schlimmen Träumen erlösen. Und Joëlle selbst hat ebenfalls eine besondere Gabe: Sie ist eine Traumdeuterin, die gefangene Träume befreien und verlorene an ihre Besitzer zurückgeben kann. Ob Joëlle mit ihren Fähigkeiten ihrer Freundin Flora helfen kann? Die Ärmste wird von einem schlimmen Albtraum geplagt. Doch böse Träume sind tückisch und manchmal nur schwer zu bändigen ...

kunterbunt und liebevoll

arsEdition
... bringt Freude

Wind pfeift, Hagel prasselt, Schnee fällt, wo gerade noch die Sonne schien:
Wo die Hexe Magenta Zack auftaucht, herrscht das reine Chaos.
Elsa traut ihren Augen nicht, als die Hexe plötzlich im Gemischtwarenladen ihrer Eltern steht. Magenta sucht jemanden, der eine Woche lang ihr Zuhause hütet, während sie ihre Schwester besucht. Dabei hatte Elsa mit Hexerei noch nie etwas am Hut! Zum Glück hat sie einen sprechenden Raben, einen treuen Hund und einen tatkräftigen Hexenturm an ihrer Seite.
Und damit fängt das Abenteuer erst richtig an!

mit viel Liebe gemacht